Dad Bod Dämon

German Edition

Dad Bod Monsters

Violet Rae

Der Dad Bod Dämon von Violet Rae

Veröffentlicht durch Violet Rae

www.authorvioletrae.com

Copyright © 2024 Violet Rae

Alle Rechte vorbehalten. Dieses Buch darf, weder ganz noch in Teilen, ohne Genehmigung der Herausgeberin in irgendeiner Form reproduziert werden, es sei denn, dies ist nach dem US-Urheberrechtsgesetz zulässig. Für Genehmigungen kontaktieren Sie bitte: violet@authorvioletrae.com

Coverdesign von: Bookin It Designs

Bearbeitung & Formatierung von: Violet Rae

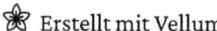 Erstellt mit Vellum

Kapitel 1
Penelope

„Penelope, du süße kleine Unschuld vom Lande", seufzt die große Aufpasserin Diana, während ich mich über die Balkonbrüstung meines Hotelzimmers lehne und dabei versuche, einen guten Blick auf die vielen Männer auf der Straße zu werfen. „Bitte hör auf damit, sonst bekommt dein Vater noch einen Anfall!"

„Och, Diana! Hör' bitte auf, dich so aufzuregen! Ich schaue doch nur mal", antworte ich, einen Blick auf die Aufpasserin werfend, deren einzige Aufgabe darin besteht, mich und meine Unschuld zu bewahren.

„Ich bin gefühlte 365 Tage im Jahr auf dem Land eingesperrt, umgeben nur von Frauen. Ich habe es satt! Wusstest du, dass mein Vater der einzige Mann ist, mit dem ich jemals gesprochen habe?"

Während ich mich auf dem schmiedeeisernen Stuhl, der in zarten Weiß- und Rosatönen gestrichen ist fallen lasse, schweift mein Blick zu meiner attraktiven Aufpasserin, die stets in der Nähe weilt. Um ehrlich zu sein, bin ich mir über Dianas Alter nicht ganz schlüssig, aber nach dem zu urteilen, was wir beide miteinander erlebt haben, scheint sie nur ein paar Jahre älter als ich zu sein.

Bei dem Gedanken, mich ihr anzuvertrauen und sie vielleicht um Rat zu bitten, wie ich mit der unerträglichen Qual, die mich verzehrt, umgehen kann, rast mein Herz. Ich frage mich, ob sie wohl auch jene Sehnsüchte teilt, die mich bis ins Mark quälen, denn schließlich ist sie, genau wie ich, ebenso in diesem goldenen Käfig gefangen. Auch sie ist nur von Frauen umgeben, mal abgesehen von meinem überfürsorglichen Vater. Ist es vielleicht denkbar, dass auch sie sich nach mehr sehnt, nach etwas Tiefem und Körperlichem? Nach etwas, das man nur in den Armen eines Liebhabers finden kann?

„Was ist mit diesen keuschen Bällen, zu denen er dich mitnimmt? Sprichst du dort nicht mit Männern?" fragt Diana stirnrunzelnd. An ihrem verkniffenen Gesichtsausdruck ist unschwer zu erkennen, dass sie diese ganze Situation seltsam findet, aber sie will wohl nicht zu viel preisgeben. Für Forest Trumont als Glucke seines wertvollsten Besitzes zu arbeiten, bringt eben bemerkenswerte Leistungen und obendrein ein Gehalt mit sich, von dem die meisten nur träumen können.

Darüber bin ich mir im Klaren, auch wenn ich mich nicht gerne als „Besitz" meines Vaters betrachte. In letzter Zeit brennen sich aber auch immer mehr Gedanken in meinen Kopf ein - solche über Heirat und Babys etwa, also Dinge, die ich im Fernsehen sehe, wenn niemand weiß, dass ich zuschaue.

Mein ganzes Leben lang habe ich mich vor allen Männern abgeschirmt, sogar vor meiner eigenen Familie. Ich dachte, mein Vater würde sich so sehr um mich sorgen, dass er mich vor jedem Schaden bewahren wollte. Ich glaubte, er liebt mich mehr als jeden anderen Menschen auf der Welt, doch in letzter Zeit...

„Pen? Alles in Ordnung mit dir?" fragt Diana nach. Sie benutzt die Kurzform meines Namens, jedoch auch nur dann, wenn wir beide allein sind. Seufzend blicke ich zu meiner Aufpasserin auf und streiche mir die langen Haare hinter die Schultern. "Mir geht's prima und um deine Frage zu beantworten: Nein, diese anderen Männer sind allesamt Väter und würden es nicht wagen, mit der Tochter eines anderen Mannes zu sprechen. Das wäre zu beschämend."

Mein Blick wandert zu dem goldenen Ring an meiner linken Hand, also dorthin, wo eines Tages ein Ehering sein wird - sofern ich jemals einen Mann treffen darf... Ich hatte meinem Vater versprochen, bis dahin Jungfrau zu bleiben, doch das war ein Versprechen, das ich abgegeben habe, als ich fünfzehn Jahre jung war und die Tragweite dessen noch nicht ganz verstanden hatte.

„Dein Vater scheint besessen von deiner... Unschuld zu sein", flüstert mir Diana zu. Sie sitzt mir direkt gegenüber, aber ihre Augen bewegen sich ständig umher, immer auf der Suche nach einer Bedrohung für mein Leben oder meine Unschuld. „Ich habe gehört, dass er darauf bestanden hatte, alle männlichen Angestellten des Hotels wegzuschicken und dass nur Angestelltinnen das Gebäude betreten dürfen, solange du hier bist."

„Das würde mich nicht überraschen." Wehmütig lächelnd denke ich daran, wie lieb mein Vater ist, der immer dafür sorgt, dass ich vor jeder Bedrohung sicher bin. Schließlich gibt es außerhalb unseres Hauses auf dem Land ja wahre Ungeheuer und auch hier in der Stadt sind diese weit verbreitet.

Dad Bod Dämon

Es gibt so viele Namen für sie - Ungeheuer, Kreaturen, Mutanten. Mein Vater nennt sie schlicht „die Anderen".

Die Screaming Woods, die Wälder der Schreie, war der erste Ort, an dem sie aufgetaucht sind, weil einst der selbstgemachte Halloween-Punsch eines Wissenschaftlers schief ging. Diejenigen, die davon tranken, verwandelten sich in Ungeheuer - Gargoyles, Orks, Greife, Geister und vieles andere mehr.

Doch dann schwappte diese Magie bis in das Nachbardorf Fable Forest über. Es wird gemunkelt, dass dessen Bewohner einem Fluch erlegen wären und gezwungen sind, traditionelle Kindermärchen ganz real zu leben. Nun, das erscheint mir ein bisschen weit hergeholt, aber wer bin ich schon, dass ich darüber urteilen kann? So behütet wie ich lebe, bin ich die Letzte, welche die Komplexität der „realen" Welt versteht.

Tatsache ist jedoch, dass diese „Anderen" jetzt ein Teil des Alltagslebens geworden sind... nicht, dass ich jemals einen gesehen hätte, außer im Fernsehen. Um fair zu sein, die meisten der Anderen haben sich friedlich in „unsere" Welt integriert. Viele haben gar magische Kraft und eine Macht, die allzu leicht für ruchlose Zwecke genutzt werden könnte, aber die meisten scheinen bloß das zu wollen, was wir alle wollen - die Freiheit, ihr Leben so zu leben, wie sie es wollen - und sogar Beziehungen zu führen und Menschen zu ehelichen.

„Die Anderen" haben sich derweil in die menschliche Gesellschaft integriert, nehmen Arbeiten an, kaufen Häuser und bekommen sogar Kinder mit ihren Liebsten, was zu vielen süßen, gemischten Babys führt.

Seufzend wünschte ich mir, auch ich könnte aktiv am Leben teilnehmen, aber Vater hält das für zu gefährlich und sorgt stets dafür, dass wir durch dicke Mauern, Hightech-Sicherheitssysteme und zahllose Wachen rund um die Uhr geschützt sind.

Schließlich kann alles geschehen und ein Mann wie mein Vater, der reicher und mächtiger ist als die Götter es sein könnten, wird immer ein Ziel für solche Mächte sein. Er erzählt mir von den ständigen Bedrohungen, denen er ausgesetzt ist - und damit auch ich. Mit dem Wissen darum bin ich aufgewachsen, wie auch mit dem unerschütterlichen Glauben daran, dass die Welt da draußen ein schrecklicher und gefährlicher Ort ist.

Warum sehne ich mich dann aber dennoch nach einem Leben jenseits meines goldenen Käfigs? Was ist das für ein Kribbeln unter meiner Haut, das mich dazu drängt,

Dad Bod Dämon

meinen Käfig zu verlassen und frei und weit davonzufliegen?

Vielleicht habe ich meinen eigensinnigen Geist von meiner Mutter geerbt? Es ist kein Geheimnis, dass sie meinen Vater hasst. Wenn er zu Hause ist, lebt sie ein isoliertes Dasein und hat nie etwas Positives über ihn zu sagen. Sie tut mir leid, weil sie so viel Eifersucht in ihrem Herzen trägt, dass sie meinen Vater und die Welt so verkannt hat. Mir aber ist klar, dass mein Vater mich liebt und dass er nicht der schreckliche Mensch ist, für den ihn meine Mutter hält.

Während ich über Dianas Worte über die weiblichen Mitarbeiter nachdenke, runzle ich die Stirn. „Ich glaube nicht, dass es an meiner Unschuld liegt, Diana. Ich glaube, es liegt vielmehr daran, dass mein Vater mich beschützen will. Er möchte, dass ich ein glückliches Leben führe, und er wird alles tun, um das zu gewährleisten", antworte ich schließlich.

Dann nehme ich mir eine Traube aus der Obstschale auf dem Tisch, um zu verbergen, dass Dianas Zweifel meine eigenen nur noch mehr verstärken. Ich bin aber noch nicht bereit dazu, diese Zweifel im Detail zu ergründen - *noch nicht*. Ich bevorzuge meine Version dessen, was meinen Vater motiviert, denn alles andere ist undenkbar.

„Er liebt mich so sehr, dass er nur das Beste für mich will." Als hätte Diana etwas Ekliges geschmeckt, verziehen sich ihre Mundwinkel, was wohl beweist, dass sie an mir zweifelt, aber ich weiß, dass ich recht habe. „Deshalb wurde ich auch zu Hause unterrichtet, deshalb hatte er nur Lehrerinnen und Erzieherinnen für mich eingestellt. Er kennt die Übel der Welt, weil er so mächtig ist wie keiner sonst. Er will mich beschützen!"

Selbst in meinen eigenen Ohren klingen diese Worte jedoch nicht überzeugend. Ich will mit meinem Leben vorankommen. Ich bin einundzwanzig Jahre alt. *Ist es da nicht an der Zeit, einen Mann zu finden, sesshaft zu werden und all jene Dinge zu erleben, von denen ich nichts wissen darf?*

„Ich muss aber zugeben, dass ich nicht weiß, wie ich jemals einen Mann finden soll, dem ich mich hingeben kann, wenn ich nie einen kennenlernen darf."

Diana schürzt ihre Lippen und schüttelt den Kopf. „Das tust du ja nicht. Ich glaube, das ist der Sinn der Sache."

„Was meinst du damit?" frage ich stirnrunzelnd, während ich mir eine weitere Weintraube in den Mund stecke. Weiß Diana etwa etwas, was ich nicht weiß? Dianas Mimik hellt sich auf und sie winkt abweisend mit der Hand. „Ach... Nichts! Beachte mich einfach nicht! Es ist ja nicht so, dass ich in die Pläne deines Vaters eingeweiht wäre. Komm, es ist Zeit, zu duschen und dich anzuziehen. Er will, dass du für den Ball heute Abend fertig wirst!"

Diana steht von ihrem Stuhl auf und streckt ihre Hand aus, um mir aufzuhelfen - nicht, dass ich sie bräuchte, aber die Wachen haben gelernt, immer auf meine Bedürfnisse zu achten. Ich habe das ja so satt!

Während Dianas Finger die meinen berühren, blicke ich in ihre grünen Augen. Für eine Sekunde meine ich ein Aufflackern von Zögern und Mitgefühl ausmachen zu können, doch das ist so schnell verschwunden, wie es aufgetaucht ist, so dass ich nun denke, dass ich es mir eingebildet habe.

Seufzend gehe ich ins Bad hinüber und schließe die Augenlider, während ich mich gegen den Waschtisch lehne. Momente wie dieser sind einzige Zeit, in der ich etwas Privatsphäre habe. Selbst wenn ich schlafe, stehen die Wachen in der Nähe. Gelegentlich schleiche ich mich für eine halbe Stunde oder so davon, aber nicht allzu oft. Nur, wenn ich im Bad bin, bin ich endlich wirklich für mich allein.

Jetzt ziehe ich das weiße Seidennachthemd von meinem Körper, schalte die Dusche ein und steige unter den heißen Wasserstrahl. Ich bin die einzige

Person, welche die intimen Stellen meines Körpers berührt hat, seit ich alt genug wurde, um mich selbst zu duschen. Ich habe einige dieser... Stellen ein paar Mal erkundet, aber selbst in der Einsamkeit des Badezimmers ist meine Privatsphäre nur von kurzer Dauer und zeitlich begrenzt. Ich habe dann zwanzig Minuten, um das zu tun, was ich brauche, bevor Diana mich auf Anweisung aus dem Bad holt. Das einzige Mal, dass diese Regel gebrochen wird, ist, wenn ich krank bin - dann sollen die Wachen alle zehn Minuten nach mir sehen.

Tieftraurig frage mich, woher dieser Drang kommt, die Regeln zu brechen. Ich verspüre das Bedürfnis zu rebellieren, einfach wegzulaufen. Ich würde es aber nie tun, doch ich will leben und mich nicht mein ganzes Leben hinter Mauern und Frauen verstecken müssen. *Vielleicht werde ich heute Abend auf dem Ball meinen Vater danach fragen, ob ich ein paar geeignete Männer kennenlernen darf? Vielleicht...*

Die Stimmungsschwankungen meines Vaters können unberechenbar sein. In meiner Gegenwart ist er immer fröhlich, aber ich habe schon gehört, wie er meine Mutter und das Personal angeschrien hat. Ich habe immer hart daran gearbeitet, ihn zufrieden zu stellen und zu verhindern, dass sich dieses Verhalten gegen mich richten könnte. Einmal war ich mir sicher, dass ich gehört habe, wie er meine Mutter geohrfeigt hat, nachdem sie ihn ein perverses Ungeheuer genannt hatte. Ich hatte diese Situation nicht recht verstanden, aber ich wusste, dass es etwas über mich und die Liebe meines Vaters zu mir gewesen war.

Mit einem tiefen Seufzer spüle ich die Seife von meinem ganzen Körper ab, bevor ich aus dem Bad trete und mir ein Handtuch umwickle. Um Diana zu zeigen, dass ich mit dem Duschen fertig bin, öffne ich die Tür einen Spalt. Mein Blick verweilt einen Moment lang auf ihr. *Was wäre, wenn ich Diana hereinbitten würde? Und sie einladen würde, um... mich zu erkunden?*

Nein!

Ich schüttle den Kopf. Ich habe vielleicht keine Erfahrung, aber ich weiß, dass ich mich nicht auf diese Weise zu Frauen hingezogen fühle. Das ist eher eine Art Neugierde, als der Wunsch nach einer tieferen Verbindung mit jemandem. Wenn man ein Mädchen sein ganzes Leben lang einsperrt, wird sie zwangsläufig über die Natur der Sexualität und alles, was damit zusammenhängt, neugierig werden.

Nun blicke ich auf meinen Ring hinunter. Ich hatte versprochen, mich rein zu halten, und das ist ein Versprechen, an das mich mein Vater jeden Tag erinnert. Und ich verehre meinen Vater, also egal wie sehr es mich juckt und dürstet und wie sehr ich fantasiere, ich werde diese neuen Empfindungen ignorieren, dieses Bedürfnis danach, das die Kontrolle über meinen Körper zu übernehmen scheint.

Ich würde für meinen Vater durchs Feuer gehen, weil er dasselbe für mich tun würde.

Kapitel 2
Mammon

„Leon, warum glaubst du, dass du all diesen Reichtum und Ruhm verdient hättest?" frage ich den Mann mit dem blassen Teint. Seine harten blauen Augen erinnern an Eissplitter und sein Haar ist so fahl, dass es beinahe silbern zu sein scheint.

„Ich bin es leid, wie ein Aussätziger zu leben, Mann. Die Leute behandeln mich die ganze Zeit, als wäre ich dumm, aber ich weiß, wie man Geld verdient. Sie wollen mir einfach nicht zuhören." Leon schüttelt mit hasserfüllten Mundwinkeln seinen silbergrauen Kopf.

„Deshalb bin ich ja zu dir gekommen. Es heißt, du handelst mit Dingen, die Träume wahr werden lassen." erkläre ich lächelnd und tippe mit meinen langen, schwarzen Krallen gegen meinen ebenso schwarzen Bart, während ich mich auf meinem Thron nach vorne beuge.

„Genau. Dinge. Du weißt doch, was das ist, oder?"

„Ja, etwas, das ich nicht brauche, Mann! Ich bin, wer ich bin. Was soll ich mit einer Seele, wenn sie mich in Armut und Abgeschiedenheit gefangen hält? Ich habe irre Beats auf Lager, Mann! Lieder, die die Leute hören müssen, und auch Ideen, die Millionen einbringen könnten, wenn ich jemanden dazu bringen kann, dem zuzuhören." Leon leckt sich so über die Lippen, dass sich mein Mund vor Abscheu verzieht.

Doch dies ist meine immerwährende Pflicht - Seelen für Luzifer zu tauschen und zu sammeln. Im Gegenzug werden die neuen Seelenlosen alle ihre Träume erfüllen können. Selbst wenn das bedeutet, dass sie töten, stehlen und alles andere tun müssen, um das zu bekommen, was sie wollen.

„Gut, gut, was immer du willst." Ich winke mit der Hand, und aus dem Nichts erscheinen ein vorausgefülltes Pergament, ein silbrig-scharfes Skalpell und eine Schreibfeder. „Fülle das aus, unterschreibe mit deinem Blut und all deine Träume werden wahr."

Nun, da Leon die Gegenstände zu einem Tisch bringt, tut er das ohne jede Regung. Er schneidet sich in die Handfläche, schreibt mit seinem Blut seinen Namen und unterschreibt das Dokument dann mit der Feder.

Als ich das Dokument an mich nehme, entringt mir ein Seufzen. Mit einer Handbewegung schicke ich Leon zurück nach „Oben", um seinen Traum zu leben. Er ahnt ja nicht, was für ein Albtraum ihn erwarten wird, wenn er in zweiundzwanzig Jahren hierher zurückkehrt, tot von einer Überdosis. Die Zukunft derer mitanzusehen, die ihre Seele verpfänden, ist eine der zweifelhaften „Vergünstigungen" meiner Arbeit.

Eine weitere eifrige Seele tritt aus der Dunkelheit hervor, reibt seine Hände aneinander und leckt sich die Lippen, ähnlich wie Leon.

Innerlich erschaudernd frage ich mich, warum diese jungen Männer glauben, dass dies das Richtige sein könnte. Sie sehen alle aus, als bräuchten sie dringend Lippenbalsam und Wasser, um sich die Hände reinzuwaschen.

Wie Leon fängt auch dieser junge Mann an, von seinen kranken Beats zu erzählen und von seinen Plänen, die Welt mit seiner Musik zu erobern. Ich schalte aber auf Durchzug. Lieber stecke ich mir eine Gabel in den Arsch, als mir sein Gefasel anzuhören!

Violet Rae

Gier.

Diese Menschen sind so verflucht gierig!

Da ich der Dämon der Gier bin, ist es meine Aufgabe, diese Gier zu befriedigen und den Handel ihrer ewigen Seelen mit dem Teufel zu erleichtern. Ich selbst bin nicht gierig. Ich bin eher müde als alles andere, irgendwie rastlos. Gelangweilt von diesem Job, gelangweilt von meiner Aufgabe, Seelen für die Ewigkeit zu quälen und auch ganz allgemein gelangweilt. Vielleicht verbringe ich meine nächste Pause in „Oben" mit den Menschen und Monstern. *Vielleicht finde ich auch eine Geliebte?*

Der Typ redet einfach weiter, während ich vor mich hin starre und nicht zuhöre. Nach ein paar Augenblicken beschwöre ich die gleichen Dinge, die ich Leon gegeben hatte, bevor ich nach dem nächsten in der Reihe rief.

Stattdessen taucht aber eine allzu vertraute Gestalt vor mir auf und lässt das bisschen Zeit stillstehen, das es hier gibt.

Da ich selbst ein Geschöpf der Hölle bin, sollte mich Luzifer nicht erschrecken oder erschüttern können, aber wenn er so auftaucht, muss ich mich immer auf schlechte Nachrichten gefasst machen. Seine Anwesenheit erinnert mich daran, dass er mein ewiger

Dad Bod Dämon

Chef ist und mir trotz meiner Macht furchtbare Dinge antun kann, so er es will.

Mit einem abgrundtiefen Grinsen im pechschwarzen Gesicht steht er nun vor mir. Rasiermesserscharfe Zähne und eine Zunge, die so rot ist wie die feurigen Abgründe der Hölle, lugen hervor. Seine Muskeln schimmern dunkler als die Nacht, ein Farbton, den es hier „oben" gar nicht gibt.

Nun, immerhin ist er mir nicht als Höllenhund erschienen. Das hat er schon einmal getan. Der Mistkerl fand es amüsant, sich neben meinem Thron zusammenzurollen. Ich brauchte zwei Tage, um den Gestank loszuwerden!

„Mammon, mein Lieblingsdämon", grüßt mich Luzifer.

Doch mein rechtes Auge zuckt. Ich bin nur deshalb sein Liebling, weil die Gier der einfachste Weg ist, ihm jene Seelen zu beschaffen, die er braucht. Die Lust kommt gleich danach, ist aber auf einen bestimmten Prozentsatz der Bevölkerung beschränkt.

Für mich ist es Arbeit, aber für ihn ist es das, was er braucht - weitere Seelen. Immer mehr davon.

„Du wirkst gelangweilt", schnauzt er, bevor ich etwas erwidern kann.

„Ihr wisst, dass ich diese Macht, die du mir gibst, genieße", entgegne ich und zwinge mich dabei, in seine feurigen Augen zu schauen, die mich feuerrot anstrahlen. Ich weiß gar nicht, warum ich heute so aufgeregt bin, denn ich habe mich seit mindestens einem Jahrhundert nicht mehr vor ihm gefürchtet. Heute aber kribbelt meine Haut bei seiner Anwesenheit. „Aber ich muss sagen, dass es in letzter Zeit eintönig geworden ist. Die wollen alle das Gleiche. Es ist zu ... einfach!"

Vielleicht wird diese kleine Prise der Ehrlichkeit eine Reaktion hervorrufen oder ihn zumindest dazu bringen können, mich verdammt noch mal in Ruhe zu lassen?

„Ich dachte, du findest das einfache Leben erstrebenswert, Mammon. Liebst du nicht auch deine kleinen Ausflüge nach oben?" Auf den Sarkasmus in seiner Stimme folgt ein Kichern, das die Grundfesten der Unterwelt erschüttert und meinen Thron unter mir erzittern lässt.

„Nur, weil es nicht die übliche Routine ist." Ich tue so, als würde ich meine schwarzen Krallen bewundern, die wie Luzifers Haut glänzen. Er war schon immer empfindlich, wenn es mich nach oben zog. Es gibt so viele Ablenkungen an der Oberfläche, seien es die Angriffe meiner Feinde, die Menschen, die ständig Fehler machen, oder all die Clubs, Casinos und Einkaufsmöglichkeiten, die mir zur Verfügung stehen.

„Ich hasse meinen Job nicht immer, Luzifer, aber die Menschen, die Ihr mir schickt, sind weder interessant noch herausfordernd." Luzifer lehnt sich an die Armlehne meines Throns und schaut nachdenklich drein.

„Ich bin nicht so arrogant, dass ich das nicht berücksichtigen könnte." Er hält inne und lächelt böse. „Wem mache ich hier was vor? Natürlich bin ich zu arrogant. Ich bin der König der Hölle!" Er tippt sich mit der scharfen Klaue gegen das Kinn. „Trotzdem bist du mein erfolgreichster Dämon. Deshalb lasse ich dich ungestört deine kleinen Ablenkungen haben und sorge dafür, dass du vor den Feinden, die du dir in meinem Herrschaftsbereich gemacht hast, geschützt bist."

Der König der Unterwelt überragt mich, nun da er sich zu seiner vollen Größe aufrichtet und zu wegzuschreiten beginnt. „Ich habe jemanden, der einen ganz anderen Deal machen will. Er und die nächsten Seelen werden eher nach deinem Geschmack sein! Bleib bei der Stange, Mammon! Du weißt, ich mag einen ständigen Zustrom von Seelen, sonst werde ich... mürrisch." Seine gespaltene Zunge streckt sich und leckt über seine Lippen. „Frische Seelen sind ja so köstlich."

Luzifers Worte sind eine klare Drohung, obwohl sie mich nicht sonderlich stören. Das ist Teil der Abmachung und ich hatte noch nie Probleme, Luzifer satt zu kriegen, wenn es um Seelen ging.

Um zu bestätigen, was er gesagt hat, öffne ich schon den Mund, aber er hat sich bereits in so einer Glitzerstaubwolke verpisst. Verfluchter Glitzer! Das Zeug kommt einfach überall hin. Dieses Arschloch!

Der nächste Mensch tritt nun vor. Diesmal ist es eine unfruchtbare Frau, die sich mehr als alles andere auf der Welt Kinder wünscht. Nun, Kinder für Manipulation und Rachegelüste, seltsamerweise. Wie fürsorglich...

Diese Menschen haben ja keine Ahnung, dass sie sich auf schmerzhafte und entsetzliche Weise für später verschreiben, aber die Gierigen denken eben nie an morgen. Sie denken nur an das, was sie im Hier und Jetzt wollen. Das ist alles, was für sie zählt.

Die nächsten Seelen werden dann etwas interessanter, aber keine ist so „anders", wie Luzifer es versprochen hatte. *Wo bleibt der Mann, von dem Luzifer sprach?*

Dad Bod Dämon

Die Zeit vergeht wie das langsame Rinnsal einer Melasse, wie immer hier unten, und bewegt sich nie in einer geraden Linie. Als ich die pfeilförmige Spitze meines sich windenden Schwanzes packe und den nächsten Mann studiere, seufze ich. Er ist nicht gerade jung, aber seine Gier übermannt ihn. Er scheint auch aus einer anderen Zeit zu stammen als die anderen. Es ist nicht immer leicht, das zu erkennen. Die Zeit springt in meinem Universum nämlich wild herum. Das ist wohl der Mann mit dem besonderen Deal, den Luzifer versprochen hatte. Ich bin neugierig geworden...

Und so richte ich mich auf meinem Thron auf und schenke ihm mein bestes dämonisches Lächeln, während ich mich frage, was für eine Belohnung auf mich warten könnte. Ich weiß, dass dieser Mann nicht nur gierig ist, sondern auch gemein und manipulativ. Ein wahres Monster, das sich unter der menschlichen Haut versteckt.

„Und was kann ich für dich tun?" säusle ich.

Dieser dunkelhaarige Mann mit den feuersteinfarbenen Augen tritt hervor. „Es geht nicht darum, was du für mich tun kannst, sondern darum, was ich für dich tun kann", antwortet er und verzieht seine Mundwinkel zu einem finsteren Lächeln. Dieses hat etwas Grausames an sich, das ein wenig aufregend ist, es ist also etwas Neues.

„Und was ist das?" frage ich, während meine graue Haut im Schein der Fackel hinter mir erleuchtet.

„Eine reine Seele, unbefleckt und unschuldig. Und sie gehört dir, wenn du es nur willst. Ich biete dir diese Seele im Tausch gegen Reichtum und Macht, mit dem der Götter vergleichbar", sagt der Mann. Sein Lächeln wird noch grausamer. „Nimmst du mein Angebot an?"

Während ich den Mann angewidert ansehe, verziehen sich meine Mundwinkel angewidert. „Du kannst die Seele eines anderen nicht eintauschen, es muss deine eigene sein."

„Aber ich tausche nicht nur mit einer Seele - ich tausche ein Leben ein. Ein reines Leben, das dir gehört und nur dir."

Als der Mann einen weiteren Schritt auf mich zugeht, blicke ich ihm erstaunt entgegen. „Das ist nahe genug", knurre ich und hebe warnend die Hand. „Noch einen Schritt weiter und ich werde dir dein Leben und deine Seele nehmen, ob du es willst oder nicht."

„Natürlich. Ich bitte um Entschuldigung." Der Mann weicht ein paar Schritte zurück und senkt den Kopf.

Wenigstens hat er einen gesunden Menschenverstand, auch wenn er mich auf die Palme bringen will und gleichzeitig sein Glück versucht. Man wird nicht zu einem von Luzifers Lieblingsdämonen, ohne sich Feinde zu machen - und das hier hört sich für mich nach einer Falle an. Wer würde denn das Leben eines Unschuldigen für seinen eigenen Vorteil eintauschen? Ich studiere den Mann und schaue hinter sein Fleisch und seine Knochen, um in seinen Geist und seine Psyche zu blicken. Ich lese seine Gedanken und erfahre im Nu seine wahren Wünsche und seine Grausamkeit.

In der Tat... Ich sehe, dass dieser Mann alles tun wird, um sein Ziel zu erreichen. Er wird eine Tochter zeugen und ihre Seele wird in der Tat vollkommen rein sein. Alles andere über seine Zukunft ist verschwommen, ungewöhnlich. Eines ist jedoch kristallklar: In all den Jahrhunderten, in denen ich Seelen an Luzifer übergeben habe, ist die dieses Mannes die schwärzeste. Und das will in meiner Welt schon etwas heißen! Dennoch kann ich die Verlockung seines Angebots nicht leugnen. Eine reine Seele, eine, die nur mir gehört! Ich hatte noch nie jemanden, der nur mir gehörte. Das könnte interessant werden!

„In Ordnung", erwidere ich und beschließe dabei, dass ich vielleicht einen menschlichen Begleiter gebrauchen kann, sobald ich die Oberwelt besuche, jemanden, der sich um mich kümmert. „Wir haben eine Abmachung."

Der Mann nickt eifrig und erwartungsvoll. Ich hoffe, er kommt in die Hölle, denn ich werde dafür sorgen, dass er dem sadistischsten Folterdämon ausgeliefert sein wird, den ich finden kann. Er hat das Leben einer Unschuldigen für seinen eigenen Vorteil eingetauscht. Das ist eine Schande! Ich lächle, denn schließlich bin ich ein Dämon.

„Was brauchst du noch?" frage ich ungeduldig, da der Mann nicht geht. „Muss ich nicht mit Blut unterschreiben oder so?", fragt er und breitet seine Hände vor sich aus, offensichtlich verwirrt.

„Oh, nein. Wir haben die Vereinbarung getroffen. Sie ist auf deiner Seele eingebrannt. Du kannst ihr nicht mehr entkommen." Ich halte inne und überlege, ob meine nächsten Worte klug sind. „Aber du hast immer noch die Chance, dein Schicksal zu ändern, wenn du dich jetzt selbst veränderst. Wenn nicht, werde ich dich wiedersehen, sobald deine Seele bereit ist, eingefordert zu werden."

Dann scheuche ich den Mann weg, denn meine Langeweile kehrt schnell zurück. Ein Spielzeug wäre mal ganz angenehm, aber reine Seelen können so langweilig sein wie, nun ja, die Hölle selbst. Nicht, dass es für die Seelenlosen hier unten „langweilig" wäre, aber für mich darf es das auch sein.

„Ich bin für heute fertig, Luzifer. Ich werde ein paar Tage Pause machen. Braucht Ihr noch etwas?" rufe ich in die Dunkelheit und erwarte dann eine Antwort. Diese ist ein undefinierbares Kichern, das jedem Menschen Angst einjagen würde, mich aber nur leicht die Stirn runzeln lässt. „Nein, Mammon! Amüsiere dich gut! Vergiss nur nicht zu schreiben! Du weißt ja, dass ich eine nette Postkarte liebe."

Über den spielerischen Ton in Luzifers Stimme muss ich den Kopf schütteln. Als ob er jemals eine Postkarte gelesen hätte, die ihm geschickt wurde! Und es ist ihm ganz sicher scheißegal, ob ich mich amüsiere.

Ich schnippe mit Daumen und Mittelfinger und versetze mich an die Riviera, den Spielplatz der Reichen und Seelenlosen. Hier mische ich mich nun unter die Menschen und Monster und suche mir ein Zimmer für die Nacht.

Für den Moment ist meine Arbeit erledigt, aber bald werde ich wieder loslegen. *Schade*, denke ich, ehe ich es mir mit einem kalten Getränk in der einen und einer Zigarre in der anderen Hand in einem Liegestuhl bequem mache. Ich mag es hier oben. Alles ist so... entspannt. Kein Geschrei, keine Schreie, keine jungen Männer mit ihren merkwürdigen, gierigen

Gesten, die mich an Ratten erinnern, und niemand, der seine Seele eintauschen will, um mich zu beschäftigen. Ich kann zur Abwechslung mal etwas Frieden genießen!

Und so setze ich meine Kopfhörer ein und nehme meine lange schwarze Kralle, um meine Musik-App auf dem Handy aufzurufen. Jetzt genieße ich einen Moment der Ruhe und vergesse alles über die Verabredung der Zukunft.

Kapitel 3
Penelope

Mein starrer Blick fällt auf das unschuldig weiße Kleid aus Spitze und Seide auf dem Kleiderbügel vor mir. Als ich dann Diana ansehe, neige ich den Kopf zur Seite und ziehe verwirrt die Augenbrauen hoch. „Es sieht aus wie ein Hochzeitskleid..."

„Ja, irgendwie schon, aber alle deine Ballkleider sehen für mich wie Hochzeitskleider aus." Diana zuckt unbeeindruckt mit den Schultern.

„Nein, das sind alles keusche Ballkleider. Dieses hier ist tailliert, viel länger und mit einem tiefen Dekolleté, außerdem ist es mit Spitze besetzt. Es ist so anders." Ich betrachte das Kleid erneut und weiß nicht, warum ich so verunsichert bin. Das Kleid ist exquisit, aber ich kann nicht glauben, dass es mir gehört. „Bist du sicher, dass mein Vater meinetwegen geschickt hat?"

„Auf der Schachtel stand dein Name, meine Liebe. Jetzt komm, wir ziehen es dir an." Diana zeigt mir mit einer Geste, dass ich meine Unterwäsche anziehen soll und versucht dann herauszufinden, wie man die Rückseite des Kleides öffnet. „Das Ding ist kompliziert."

„Das habe ich gemerkt", entgegne ich und zupfe meinen BH zurecht, um meine Brüste zu bedecken, bevor ich den Slip anziehe, der perfekt zu meinem Hautton passt. „Das gefällt mir nicht!" Ich kaue auf meiner Unterlippe, doch meine Augen sind auf das Kleid gerichtet.

Diana ist das, was einer Freundin am nächsten kommt, eine Aufpasserin, die mutig genug ist, um mit mir zu sprechen. Ich habe das Gefühl, dass ich ihr meine Bedenken ruhig mitteilen kann. „Irgendetwas ist hier im Busch."

„Ich bin sicher, dass es nur ein neuer Trend bei Ballkleidern ist. Vielleicht erlaubt dir dein Vater jetzt mit einundzwanzig, dich wie eine Erwachsene zu kleiden und nicht wie eine Puppe oder eine Zeichentrickfigur", überlegt Diana und hält mir das Kleid hin, damit ich hineinschlüpfen kann. „Wie auch immer, das ist das Kleid, das er für dich geliefert hat. Steig hinein, meine Süße!"

Also zucke ich mit den Schultern, denn mein Vertrauen in meinen Vater ist wieder da. Vielleicht bin ich hormonellen Schwankungen unterworfen, oder so? Mein Vater hat mir noch nie einen Grund gegeben, an ihm zu zweifeln, und wenn ich jemandem vertrauen kann, dann ihm. *Oder nicht?*

Als Diana mir das Kleid über den Körper zieht, muss ich den Bauch einziehen. Wenn ich nun so an mir herunterschaue, sehe ich meine Brüste und fühle mich entblößt. Hoffnungsvoll schaue ich auf den Kleiderkarton. „Vielleicht gibt es eine Spitzenjacke oder so etwas in der Art, das dazu passt?"

Doch Diana schüttelt den Kopf. „Nein, da ist nichts weiter drin, nur das Kleid." Sie hört sich abgelenkt an, während ich meine Arme in die Ärmel stecke und sie mir den Reißverschluss und die Knöpfe hinten zubindet.

„Das wird furchtbar, wenn ich es später ausziehe. Naja, ich ziehe es mir über den Kopf oder so. Mach dir keine Sorgen, wenn du aufbleiben und auf mich warten musst. Vater wird dafür sorgen, dass ich später gesund und munter zurückkomme", antworte ich zuversichtlich und lächle Diana entgegen, ehe ich mich umdrehe. Ich kann aber kaum noch atmen.

Ich bin ein dralles Mädchen und dieses Kleid ist so eng, dass ich sicher bin, dass meine Brüste durch den herzförmigen Ausschnitt explodieren werden. „Es sei denn, du willst aufbleiben und später mit mir ‚Ich habe ein Ungeheuer geheiratet' anschauen?"

„Du weißt doch, dass ich dich nicht fernsehen lassen soll", warnt mich Diana. Sie wedelt mit dem Finger, als würde sie mit einem ungezogenen Kind schimpfen, aber ihre Mundwinkel heben sich, bis sie lächelt.

„Ich möchte aber wissen, ob Clarissa sich heute Abend für den Ork oder den Wasserspeier entscheidet. Sie hat die beiden von Anfang an gegeneinander ausgespielt."

„Och, ja! Das will ich auch erfahren", hauche ich und versuche, das Lachen zurückzuhalten, das aus mir herauszudringen droht. Wenn ich nämlich lache, könnte ich aus Luftmangel ohnmächtig werden, denn ich bin mir sicher, dass mir das Kleid bereits eine Rippe gebrochen hat. Dieses Kleid ist die reinste Folter! *Warum hat mein Vater es nur ausgesucht?*

„Ich glaube, ich habe einen Seidenschal in meiner Tasche. Ich werde ihn mal holen."

„Oh, dein Vater ist bereit für dich", sagt Diana und schaut auf ihre Smartwatch. „Er wird in zwei Minuten hier sein."

Dad Bod Dämon

„Danke", antworte ich, greife nach dem Schal und wickle ihn um mich, um meine nackte Haut zu bedecken. Ich bin zwar jetzt erwachsen, aber ich bin es nicht gewohnt, meine... Vorzüge *so* zu zeigen.

Zwei Minuten später öffnet sich die Tür und mein Vater kommt herein. Sein Gesicht ist so fröhlich, wie ich es noch nie gesehen habe, als er mich erblickt... bis er die Stirn runzelt.

„Dieses Tuch ist nicht gut genug. Lass es hier, Liebes!"

„Ja, Vater", antworte ich und lasse den Schal mit einem wehmütigen Blick fallen. „Du freust dich bestimmt schon auf den Ball..."

„Ja, das tue ich. Es kommt mir vor, als hätte ich ein Leben lang auf diesen Moment gewartet. Ich verspreche dir, Penelope, der heutige Abend wird anders als alles, was du bisher erlebt hast." Mein Vater kichert, als er meinen Arm nimmt und mich aus meinem Zimmer zum Aufzug führt, der uns zu dem unten wartenden Auto bringt.

Derweil schaue ich meinen Vater an und bemerke etwas seltsam Kaltes in seinem Verhalten, etwas, das meine Haut kribbeln lässt. *Oder vielleicht ist es die kalte Luft?* Das Kleid ist ärmellos, und ich bin es gewohnt, von Kopf bis Fuß bedeckt zu sein, selbst in den heißesten Sommermonaten. Ich spreche es ja nicht laut aus, aber der Abend ist schon jetzt anders als alles, was ich bisher erlebt habe...

Kurz darauf sitzen wir im Auto und rasen über den Highway, weit weg von der Stadt. Ich runzle die Stirn, aber ich hinterfrage nicht, was hier passiert. Mein Vater weiß es am besten! *Denn was ist, wenn der Ball auf einem Landsitz stattfindet?* Es steht mir nicht zu, ihn in Frage zu stellen. Zumindest nicht laut!

Als der Wagen langsamer wird und von einer Ausfahrt abfährt, schaue ich hinaus, aber die Straße ist dunkel und es gibt auch keine Straßenbeleuchtung. Ein paar Minuten später wird das Auto erneut langsamer und fährt eine private, gepflasterte Auffahrt hinauf. In der Ferne kommt ein riesiges Herrenhaus aus schwarzem Marmor mit schwarzen Fenstern in Sicht. Nur ein Fenster ist beleuchtet! *Aber warum ist es so dunkel, wenn dort heute Abend ein Ball stattfindet?*

Das Auto kommt zum Stehen und ich warte darauf, dass mein Vater aussteigt. Mein Herz rast, aber ich atme tief durch, um mich zu beruhigen und ergreife seine Hand. *Ich kann ihm vertrauen. Das habe ich bisher immer getan. Warum also fühlt es sich jetzt so anders an? Warum bin ich so... ängstlich?*

„Das wird die beste Nacht meines Lebens. Alles, wofür ich gearbeitet habe, alles, was ich getan habe, hat zu diesem Moment geführt, Penelope. Bring mich nicht in Verlegenheit", sagt mein Vater. Seine Stimme ist eindringlich und warnend. Meine Verwirrung wird nun noch größer und meine Sorgen nehmen unter der Warnung zu. *Warum sollte ich ihn in Verlegenheit bringen? Und wo sind die anderen Anwesenden?*

Ich habe jedoch keine Zeit für eine Antwortsuche, denn mein Vater öffnet die Haustür und begleitet mich in das ruhige Haus. Dann höre ich in der Ferne Töne aus einem Klavier erklingen. Ich erkenne da eindeutig Beethovens Mondscheinsonate, ein Lied, das ich normalerweise mag, aber jetzt?! Es klingt wie der Ruf der Sirenen zur Tragödie.

Ich klammere mich an den Arm meines Vaters, den er um meine Taille geschlungen hat, und flehe mit meinen Augen um eine Erklärung. „Was ist hier los?" Die tieferen Töne der Melodie erklingen, und jeder hämmernde Takt jagt mir mehr Angst, mitten ins Herz. Ich war noch nie so erschrocken!

„Es ist kein richtiger Ball, wie ich dir gesagt hatte, Penelope", murmelt mein Vater. „Aber es ist der erste Tag vom Rest deines Lebens." Der Schrecken erstickt die Worte in meiner Kehle, während das Klavier weiter spielt.

„Vater? Was hast du getan?"

„Nichts, was nicht gut für die Familie wäre, meine unschuldige kleine Blüte", antwortet mein Vater und tätschelt meine Hand, während ich mich an seinem Arm festkralle. „Eines Tages wirst du mir dafür dankbar sein. Dein ganzes Leben hat sich um diesen Moment gedreht. Alles, was ich getan habe, alles, was ich erreicht habe, war auf diesen Moment ausgerichtet. Und jetzt vermassel mir das nicht!" Die Stimme meines Vaters, die sonst so sanft und betörend klingt, ist jetzt auf einmal hart und unbarmherzig kalt.

Wie er meine Hand festhält, wie er mich zwingt, weiterzugehen, obwohl mir alles in mir schreit, dass ich fliehen soll, so schnell und so weit wie möglich. Meine Instinkte sagen mir, dass mein ganzes Leben eine Lüge war und dass etwas wirklich Schreckliches passieren wird...

Also atme ich tief ein und versuche, das Tempo meines Vaters zu verlangsamen, um mich noch ein paar Augenblicke zu schonen. Aber er zerrt so an mir, legt seine Hand um meine Taille und treibt mich vorwärts. Meine Gedanken rasen hin und her und schwanken zwischen der Gewissheit, dass mein

Vater weiß, was das Beste für mich ist und mir nie etwas antun würde, und der unerschütterlichen Erkenntnis, dass ich mich selbst belüge.

Plötzlich denke ich an die hasserfüllte Art und Weise zurück, wie meine Mutter meinem Vater über die Jahre hinweg die Stirn geboten hat, wie sie so sehr versucht hat, mich davon zu überzeugen, dass der Mann ein Monster ist, und wie er mich belogen hat. *Hatte meine Mutter die ganze Zeit recht?*

Ich schaue an meinem Kleid herunter und stelle fest, dass mein Verdacht richtig war. *Ich trage kein Ballkleid, sondern ein Hochzeitskleid.*

Es scheint, dass mein Vater eine Hochzeit für mich arrangiert hat! Er hat mich in diese Villa gelockt, indem er mir sagte, es sei ein Ball wie alle anderen, die wir besucht haben. Irgendetwas stimmt dennoch mit dieser Hochzeit nicht. *Ist mein Bräutigam ein alter Mann mit falschen Zähnen und Hämorrhoiden? Ist er hässlich?*

„Vater, bitte, ich flehe dich an. Bitte bring mich nach Hause", keuche ich, während er mich durch das riesige Haus führt, vorbei am Foyer und einen langen Flur entlang. Die düsteren Töne des Klaviers erklingen weiter und ich bekomme eine Gänsehaut, als würde die Musik meinen Untergang vorhersagen.

„Nun, meine Blüte", versucht mein Vater mich zu beruhigen, aber sein sanfter Südstaatenakzent geht mir nun eher auf die Nerven als dass er mich beruhigt. Warum habe ich nie zuvor bemerkt, wie unheimlich seine Stimme ist?

„Du musst das tun. Es gibt kein Entkommen. Ich habe dir doch gesagt, dass ich diesen Tag schon lange geplant habe, schon bevor du geboren wurdest, um genau zu sein."

„Was meinst du denn damit?" frage ich, in der Hoffnung, diese Farce noch ein paar Sekunden länger hinauszögern zu können.

„Ich habe deine Mutter absichtlich ausgewählt. Sie war eine Drogensüchtige, die ich von der Straße aufgelesen habe, eine Frau, der niemand Beachtung schenken würde, wenn sie verschwinden würde. Ich musste vorausschauend planen, um sicherzugehen, dass sie kein Problem mehr werden würde, nachdem ich sie geschwängert hatte und sie dich bekommen hatte. Ich wusste, dass ich ein Mädchen haben würde, weil du eine Aufgabe hast. Ich brauchte sie, um dich zu bekommen", plaudert er aus dem Nähkästchen. Seine Finger bohren sich in meine Taille und enthüllen schlagartig jene Wahrheit, die er mein ganzes Leben lang verheimlicht hatte.

Dad Bod Dämon

„Warum hast du das getan, Vater?" flüstere ich, denn die Angst schnürt mir die Kehle zu. „Mutter hatte recht, nicht wahr? Du bist ein Ungeheuer!" Mein Vater kichert leise und tätschelt mir herablassend den Arm.

„Ihr Frauen seid so leicht zu täuschen, meine Blüte. Ich hätte mich schon längst um deine Mutter kümmern sollen. Sie wusste zu viel über mich und meine Pläne. Sobald ich sie clean habe werden lassen und ihr Stabilität gegeben hatte, wandte sie sich gegen mich. Es gelang ihr, jemanden außerhalb meiner Organisation zu kontaktieren und sie fand einen Weg, ihnen Informationen zukommen zu lassen. Sie drohte mir, mich zu entlarven, wenn ich dir etwas antun würde, und sagte mir, dass die Beweise veröffentlicht werden würden, wenn sie stirbt."

Seine Stimme ist jetzt hart, hasserfüllt und voller Bosheit. „Aber sie hat lange genug den Mund gehalten, um bis zum heutigen Tag zu kommen. Vielleicht befreie ich mich morgen von ihr, so wie ich mich jetzt von dir befreie."

Nun, da wir zu einer offenen Tür kommen, verstummt er plötzlich. In dem Raum aus schwarzem Marmor schimmert ein ebenso schwarzer Altar im Kerzenlicht. Ein Mann in schwarzem Gewand, ein Geistlicher, steht neben einer... *monströsen Bestie!*

Schwarz, alles ist schwarz.

In diesem Moment schreie ich los.

Kapitel 4
Mammon

An der Manschette meines Ärmels ziehend, besorge ich den letzten Schliff für meinen Smoking. Ich habe vorhin wie üblich meine Aufgaben erledigt und darüber fast vergessen, welcher Tag heute ist. Ich hatte einen Fall, der sich ewig hinzog, weil die Frau immer wieder ihre Meinung darüber änderte, was genau sie haben wollte. Ich hätte sie fast weggeschickt, aber schließlich entschied sie sich und überschrieb mir ihre Seele.

Und als ich mich schließlich wieder daran erinnerte, dass heute mein Hochzeitstag ist, spielte ich mit dem Gedanken, einen Stellvertreter an meiner Stelle zu schicken. Das Mädchen ist Jungfrau. Unschuldig, langweilig. Und ich habe genug von Langeweile.

Üblicherweise war ich stets in der Lage, die Zukunft der Person zu sehen, die ihre Seele überschrieben hatte, aber das war bei Forest Trumont nicht der Fall. Als ich Luzifer darauf ansprach, zuckte er nur achtlos mit den Schultern und machte sich wieder daran, einem Mann die Augäpfel auszurupfen, der seine Seele für einen dreißig Zentimeter langen Penis und eine Pornokarriere verkauft hatte. Es würde mich nicht wundern, wenn Luzifer einen seiner kindischen Streiche spielte und absichtlich meine Versuche, in die Zukunft zu sehen, blockierte, wenn es um Forest Trumont und seine Tochter ging. Also ließ ich meine Soldaten die Dinge „Oben" im Auge behalten, während ihr Vater Penelope genüsslich, fast bösartig, meine Braut aufzog.

Penelopes Gesicht erschien mir immer verschwommen, aber jetzt, wo ich in meiner irdischen Villa der Dunkelheit stehe, sehe ich ihr Gesicht zum ersten Mal.

Und... Ist das zu glauben? Was zur Hölle? Es ist das bezauberndste Gesicht, das ich je gesehen habe. Große braune Augen, kleine Knopfnase, pralle rosa Lippen. Und das alles mit einem rundlichen Gesicht und hohen Wangenknochen. Und sie hat den köstlichsten Körper, den ich je zu Gesicht bekommen habe. Ihr weißes Kleid bringt ihre üppigen Brüste und breiten Hüften zur Geltung. Ihr dunkelbraunes

Dad Bod Dämon

Haar fällt ihr in glänzenden Wellen über die Schultern und meine Finger jucken schon vor Verlangen, diese seidigen Strähnen zu durchforsten. Ich werde an Stellen lebendig, die ich längst für tot hielt! Ich will *sie*. Verflucht, ich will sie! Ich will sie verschlingen, meine Zunge in ihrer engen Pussy haben und in ihrer betörenden Weiblichkeit ertrinken.

Doch dann... wirft sie einen Blick auf mich und schreit.

Oha! Anscheinend beruht die Anziehung nicht auf Gegenseitigkeit. Doch alles, woran ich denken kann, ist, diese Schreie des Schocks und des Schreckens in Schreie der Ekstase zu verwandeln, wenn sie in meinem Mund kommt. Ja, ich werde es zu meiner Aufgabe machen, sie meinen Namen schreien zu lassen, während sie auf meinem Schwanz in Millionen Teile zerbricht.

Ich schätze, ich habe verstanden. Sie ist halt ein bisschen überrascht, denn das ist keine gewöhnliche Hochzeit. Der „Priester" Choden ist der Dämon der Lust, dieses Ehegelübde fällt anscheinend einseitig aus und die nicht so glückliche Braut schreit währenddessen, bis ihr Vater sie mit einer scharfen Ohrfeige zum Schweigen bringt.

Sofort stürze ich mich knurrend auf ihn, hebe den Arm und möchte ihm schon mit meinen Krallen das

Fleisch von den Knochen reißen. Choden stellt sich aber zwischen uns, denn er weiß, dass ich den Vertrag nicht brechen kann, indem ich das Arschloch töte. Nur das Schicksal kann über seinen Tod entscheiden.

Doch ich fletsche die Zähne vor Forest Truman. „Wenn du sie noch einmal anrührst, mache ich deine verbleibenden Jahre in dieser sterblichen Hülle zu einem elenden Albtraum!"

Er weicht zurück, seine Augen sind vor Angst geweitet, seine Handflächen sind zum Einverständnis erhoben. Penelope gehört zwar *noch* nicht mir, aber sie ist nah dran. Niemand wird ihr etwas antun. Niemals!

Eine Träne rinnt über die Wange, die er getroffen hat, bis sie ihren Vater ansieht, als wäre er ein Fremder. Die völlige Fassungslosigkeit in ihrem Gesicht bewirkt, dass sich etwas in meiner leeren Brust rührt. Ich versuche, es zu ergründen. Ist das ein... *Beschützerinstinkt? Besessenheit?* Beides ist mir fremd.

Mir ist klar, dass Penelope von dieser Heirat völlig überrumpelt wird, denn ihr Vater hatte ihr nichts gesagt. Kein Wunder, dass sie verängstigt ist! Beziehungen zwischen verschiedenen Spezies sind seit dem Auftauchen der Monster häufiger geworden, aber ich bin mir sicher, dass sie nie erwartet hat, dass ihr Vater sie mit einem Dämon verheiraten würde.

Um sie nicht zu erschrecken, erhebe ich sachte meine Hand und wische ihr sanft die Tränen weg. Ihre schockfarbenen Augen wandern über mich, von den glänzenden schwarzen Hörnern auf meinem Kopf über meine Brust und meine Beine bis zu meinen Füßen. Als sie dann aufblickt, um die meinen anzuvisieren, durchzuckt ein Schock meine Brust und wandert über meinen Bauch zu meinen Eiern. Mein Schwanz schwillt augenblicklich an, sodass mir fast schwindelig wird.

Ich mag ja ein Dämon sein, aber diese Frau ist eine Art Hexe, die mich mit einem Zauber belegt hat!

Penelope hält meinem Blick stand. Es ermutigt mich, dass sie sich meiner Berührung nicht entzieht und ein Funke in ihren Augen aufblitzt, der eine innere Stärke andeutet. Das ist gut. Sie wird diese brauchen.

Choden räuspert sich. „Lasset uns fortfahren! Mammon, versprichst du, deine Braut zu beschützen, deine ehelichen Pflichten zu erfüllen und Luzifer weiterhin die Treue zu schwören?"

„Ich verspreche es", antworte ich, mit dem Blick auf Penelope gerichtet.

Violet Rae

Verflucht nochmal, Penelope ist wunderschön, selbst mit ihren geschwollenen Augenrändern und dem Fleck, das ihr Vater auf ihrer zarten Wange hinterlassen hat. Der Anblick allein macht mich wieder wütend, ich balle meine Fäuste bereits. Der Wichser wird dafür bezahlen! Nicht heute oder morgen, aber er wird bezahlen. Es wird eine spezielle Ecke der Hölle geben, die nur für ihn reserviert ist. Er denkt, dass er nur das Leben seines ungeborenen Kindes verschachert hat, als er an diesem Tag zu mir kam, aber er hätte es besser wissen müssen.

„Penelope, versprichst du, Mammon in allen Dingen zu gehorchen?" fragt Choden und wendet sich erwartungsvoll an meine Braut.

Es kommt nicht jeden Tag vor, dass ein Dämon eine Frau oder einen Mann entführt, aber es passiert oft genug, sodass Choden an Schreie und Hysterie gewöhnt ist.

Dämonen werben und lieben nicht, sie nehmen und foltern. Der Gedanke daran, mit meiner Braut Kinder zu zeugen, lässt mich die Hochzeit jedoch nur allzu zu gerne hinter mich bringen.

Nun wende ich mich Penelope zu und lasse die ganze Kraft meiner Macht durch meine Augen erleuchten. Ich finde einen Riss in ihrem mentalen Rüstzeug,

Dad Bod Dämon

dringe in ihren Geist ein und fülle ihn mit dem Bedürfnis, mein zu sein. Ich fülle ihn mit Verlangen und all den Dingen, die sie sich für ihren Hochzeitstag vorgestellt hatte. Plötzlich versiegen ihre Tränen! Sie lächelt mich an und verdammt, wenn dieses Lächeln nicht auch seinen Riss in meiner mentalen Rüstung findet und Sonnenschein hindurch in meine dunkle, leere Seele fallen lässt. *Was war das denn?! Diese Frau dreht den Spieß um, ohne es überhaupt zu versuchen!*

Zähneknirschend halte ich mich an dem mentalen Band fest, das meinen Geist mit dem ihren verbindet. Dann atme ich erleichtert auf, als sie sich mit einem freudigen Nicken an Choden wendet.

„Ich will", flüstert sie und greift nach mir. Ihr Gesicht strahlt vor Rührung, so dass mir der Atem stockt.

Herrje, ich will, dass sie mich auch ohne meinen Einfluss so ansieht!

Dann löse ich die mentale Verbindung zu ihr, denn mein Job ist erledigt. Penelopes Hände fallen herab und sie blinzelt, als würde sie aus einem tiefen Schlaf erwachen wollen. Ich straffe meine Mimik nun besser und versuche, teilnahmslos auszusehen, obgleich ich bis in die Seele erschüttert bin, die ich eigentlich gar nicht wirklich besitze.

Das Wichtigste ist jedoch, dass Penelope zugestimmt hat, mich richtig zu heiraten. Den Rest lasse ich einfach auf mich zukommen. Es sei denn, es dauert zu lange, dann muss ich sie vielleicht wieder „überreden".

Doch so ein weiteres Gefühl kribbelt in meinem Magen. Was ist das jetzt? *Schuldgefühle?* Auch das habe ich noch nie erlebt, also bin ich mir nicht sicher...

Choden erklärt uns schlussendlich zu Mann und Frau und löst damit ein weiteres unerwünschtes Gefühl in meiner Brustgegend aus. Ich ignoriere das aber und wende mich an den Vater meiner Braut. „Du hast bekommen, was du willst. Ich habe, was ich wollte. Du kannst jetzt gehen, aber du sollst eines wissen: Wenn deine Zeit gekommen ist, wirst du zu uns in die Unterwelt kommen. Und das wird nicht angenehm. Genieße deine Zeit auf der Erde. Den Rest der Ewigkeit wirst du nicht genießen, das versichere ich dir, denn dafür werde ich persönlich sorgen."

Forest runzelt die Stirn. „So war das nicht abgemacht..." Bevor er aber zu Ende sprechen kann, schnippe ich mit den Fingern und schicke das Arschloch zurück zu seinem Auto. Er wird nie wieder in die Nähe von Penelope gelassen werden! Dann nicke ich Choden zu, der grinsend mit einem Fingerschnippen verschwindet und mich mit meiner neuen Braut allein lässt.

„Komm, meine Kleine. Lass uns etwas trinken, um deine Nerven zu beruhigen. Vielleicht befreist du dich dann von dieser Foltermaschine, die du trägst", sage ich und ergreife ihre kleine Hand. Penelope sagt kein Wort, sie steht offensichtlich unter Schock und starrt ausdruckslos auf meine graue Hand mit den schwarzen, krallenbestückten Fingern. Sie sieht aus, als würde sie gleich ohnmächtig werden, also ziehe ich an ihrer Hand und führe sie aus dem Zimmer und den langen Flur entlang. Im Wohnzimmer angekommen, drehe ich sie vorsichtig und löse den Reißverschluss und die Bänder ihres Kleides, damit sie durchatmen kann.

Ich dränge sie auf einen Stuhl und gehe zum Getränkeschrank hinüber, schenke uns zwei Gläser Scotch ein und reiche ihr eines davon. „Trink. Ich weiß, dass du unter Schock stehst, aber das ist jetzt dein Leben. Mein Name ist Mammon. Ich bin der Dämon der Gier - *und dein Ehemann.*"

Kapitel 5
Mammon

Bevor Penelope das Glas nimmt und es an ihre Lippen führt, blickt sie blinzelnd zu mir. Sie schluckt die bernsteinfarbene Flüssigkeit viel zu schnell und muss schließlich keuchen und husten, ihre Augenränder sind wieder einmal voller Tränen.

„Ich nehme an, mein Vater hat mich für Reichtum und Macht eingetauscht? So also wurde ein Mann aus einer armen Familie, mit nichts und ohne Ausbildung, zu dem, was er ist?" Penelopes ruhige Stimme ertönt wie ein klares Lied in meinem Kopf, das einen Schmerz lindert, von dem ich nicht wusste, dass er existierte.

Penelope ist intelligent und hat sich hoffentlich mit ihrem Schicksal abgefunden. „Ja, vor fünfundzwanzig Jahren, vor deiner Zeit, kam er zu mir und bot dir einen Handel an", erkläre ich und setze mich auf einen Stuhl gegenüber.

„Und du hast einfach zugestimmt", schnauzt Penelope. Ihre braunen Augen blitzen auf. Oh, ich werde diesen kleinen Feuerwerkskörper genießen! Sie ist so viel mehr, als ich erwartet hatte. Ich kann es kaum erwarten, sie um mich herum explodieren zu sehen!

„Natürlich. Ich bin der Dämon der Gier, Penelope. Das ist, was ich tue und wer ich bin. Dafür wurde ich erschaffen. Ich sammle die Seelen derer, die gewillt sind, diese gegen Reichtum und Ruhm, Geld und Macht einzutauschen. Sie kommen zu mir, aber keiner zwingt sie. Sie haben die Wahl, bis sie auf der gepunkteten Linie unterschreiben, auch dein Vater. Obwohl im Fall deines Vaters keine Unterschrift nötig war."

Sie runzelt die Stirn. „Warum?"

„Weil sein Angebot einzigartig war."

„Einzigartig, inwiefern?" Ich grinse: „Er wollte mit etwas anderem handeln als mit seiner eigenen Seele..."

Meine Braut wird leicht blass, obwohl sie das Ergebnis meines Deals mit ihrem Vater bereits kennt. „Mit mir..." Ich nicke, führe mein Glas an meine Lippen und nehme einen Schluck.

„Ich sammle schon seit langer Zeit Seelen für Luzifer, meine Kleine. Es braucht viel, um mein Interesse zu wecken, aber etwas am Angebot deines Vaters hat mich fasziniert. Ein reines Leben. Etwas, das mir und nur mir gehören würde... Mir war langweilig, also habe ich zugestimmt und als er deine Mutter fand und sie schwängerte, machte ich meinen Anspruch auf dich geltend. Und hier stehen wir nun."

Penelopes Lippen beben, bis sie fragt: „Warum ich?"

Tja, warum? Diese Frage habe ich mir im Laufe der Jahre immer wieder gestellt, aber jetzt, wo ich hier mit dieser Schönheit vor mir sitze, höre ich die metaphorischen Türen meines selbst auferlegten Käfigs hinter mir zuschlagen.

Penelope denkt, sie sei diejenige, die in diesem Vertrag gefangen ist, doch sie weiß nicht, dass sie es ist, die mich gefangen genommen hat. Aber ich bin noch nicht bereit, ihr das zu sagen, und sie ist nicht bereit, es zu hören, also zucke ich nur mit den Schultern und antworte: „Warum *nicht* du? Es schien eine gute Gelegenheit zu sein, sich eine Frau zu nehmen."

„Ich bin nicht deine Frau. Ich bin deine Sklavin", geifert sie leidenschaftlich. Mein Schwanz springt vor Lust empor! Oh, das wird viel mehr Spaß machen, als ich erwartet hatte. Mein kleines Kätzchen von einer Braut hat ja Krallen.

Dad Bod Dämon

Ich halte inne und studiere Penelopes trotzigen Blick, denn ihre Worte durchschneiden wie eine scharfe Klinge die Luft. „Nein, Kleines", antworte ich ruhig und nippe an meinem Scotch. "Du bist *nicht* meine Sklavin. Du bist meine Frau, gebunden durch einen Vertrag, den dein Vater vor deiner Geburt geschmiedet hat, aber es gibt keinen Grund, warum wir nicht unsere eigenen Bedingungen innerhalb dieser Vereinbarung festlegen können."

Penelopes Augen verengen sich, denn Misstrauen und Unglauben zeichnen sich auf ihren zarten Zügen ab. „Unsere eigenen Bedingungen festlegen? Wie großzügig von dir, Mammon", erwidert sie verbittert und voller Sarkasmus.

Ich schwenke derweil die Flüssigkeit in meinem Glas. „Sieh es als eine Verhandlung und nicht als eine Aufforderung. Ich habe Reichtum und Macht, ja, aber du besitzt etwas viel Wertvolleres - Intelligenz und Geist. Ich wünsche mir keine unterwürfige Gefährtin. Ich wünsche mir eine Partnerin, wenn auch auf eine unkonventionelle Art und Weise."

Penelopes Gesichtsausdruck wird etwas weicher, ihre Neugierde ist geweckt. „Ein Partner wofür genau?"

„Zum gegenseitigen Nutzen", antworte ich und beuge mich vor. „Ich bin mitverantwortlich für die

Umstände, die dich hierher gebracht haben, aber ich bin nicht unsensibel gegenüber deiner misslichen Lage. Wenn wir dieses Leben gemeinsam meistern wollen, müssen wir eine gemeinsame Basis finden, auf der wir beide unsere Bedürfnisse befriedigen können."

Penelope beäugt mich misstrauisch, doch in ihrem Blick schimmert Neugierde auf. „Und was ist mit meiner Freiheit? Kann das auch verhandelt werden? Warum kannst du mich nicht gehen lassen?"

Ich kichere, denn eine dunkle Belustigung brodelt in mir. „So funktioniert das nicht, Kleines. Der Vertrag deines Vaters wurde von dunklen Mächten besiegelt und kann nicht rückgängig gemacht werden, es sei denn, Luzifer erlaubt es."

Penelope wird blass. „Wenn du also genug von mir hast, bekommt Luzifer meine Seele?" Ich schaue Penelope über den Rand meines Glases hinweg an. „Wer sagt, dass ich deiner überdrüssig werde?"

Penelopes Lachen ist bitter. „Ich mag ein behütetes Leben geführt haben, aber ich bin nicht so naiv zu glauben, dass eine Frau für den Rest der Ewigkeit deinen Appetit befriedigen kann."

Schulterzuckend täusche ich Sorglosigkeit vor. „Vielleicht, vielleicht aber auch nicht. Wie auch immer,

Luzifer wird deine Seele nicht bekommen. Deine Seele gehört mir. Wenn die Zeit kommt, in der ich mich von dir trennen möchte, werde ich dich mit deiner intakten Seele freilassen."

Penelope breitet ihre Hände aus, ihr Blick ist jetzt flehend. „Warum solltest du das tun? Warum hast du dem überhaupt zugestimmt? Du hast doch auch deine Freiheit geopfert."

„Freiheit, meine Kleine, ist ein wankelmütiges Konzept. Selbst wer scheinbar in Ketten liegt, kann große Macht ausüben."

Penelopes Schultern entspannen sich leicht, ihre Wachsamkeit ist für einen Moment gebrochen. „Du sprichst von Macht in der Gefangenschaft", überlegt sie, ihre Stimme ist jetzt weicher und enthält eine Mischung aus Resignation und Neugierde.

„Macht kann sich auf unerwartete Weise manifestieren", erkläre ich und schaue Penelope dabei fest an. „Ich spüre ein Feuer in dir, Penelope. Eine Unzufriedenheit mit deinem bisherigen Leben und eine Sehnsucht nach mehr. Ich kann dir zeigen, was jenseits der Welt liegt, die du immer gekannt hast."

Penelopes Samtaugen funkeln verlockend, während sie sich auf die pralle Unterlippe beißt. *Da ist sie. Mein neugieriges kleines Kätzchen!* Penelope studiert mich mit neuem Interesse, das Funkeln in ihren Augen wird jetzt durch ein nachdenkliches Glitzern gemildert.

„Okay, Mammon", räumt sie vorsichtig ein, „lass uns unsere ‚definierten Bedingungen' erörtern! Gehört dazu auch, dass ich dein Bett wärme?"

Ich lasse meine Blicke über Penelopes verlockende Kurven gleiten. Wenn du mit „mein Bett wärmen" meinst, dass ich meinen großen Schwanz in deiner perfekten kleinen Pussy haben soll, bis du explodierst und deine Säfte über mich ergießt, dann ist die Antwort ‚Ja'.

Penelope stößt überrascht den Atem aus und ihre Wangen färben sich. „Na, wenigstens bist du ehrlich."

„Ich werde immer ehrlich zu dir sein, Penelope. Ich mag zwar ein Dämon sein, aber ich bin immer noch an bestimmte... Regeln gebunden. Und im Interesse der Ehrlichkeit möchte ich eines ganz klarstellen."

Ich starre Penelope mit meinem Blick an. „Du gehörst mir. Du hast mir schon vor fünfundzwanzig Jahren gehört, aber jetzt, wo ich dich in deiner ganzen Pracht gesehen habe, wird es sehr lange dauern, bis ich dich wieder loslasse, wenn überhaupt. Du sollst mir ebenbürtig sein, als Frau, in meinem Bett und außerhalb davon."

Als sich Penelopes Augen angesichts meiner Offenheit weiten, muss ich lächeln. Ihre schlanke Kehle schnürt sich mit einem kräftigen Schlucken zu. „Du würdest mich zwingen?"

Ich lache. „Dich zwingen? Oh, nein, Kleines. Ich werde dich nicht zwingen *müssen*."

„Sagt der Dämon, der mich gezwungen hat, mein Ehegelübde zu sprechen. Der einzige Grund, warum ich deine Frau bin, ist, dass du mich mit einer Art Magie dazu gebracht hast, zu glauben, dass ich in dich verliebt bin", wirft sie mir scharf vor. „Wenn wir schon dabei sind, unsere Begriffe zu definieren, dann ist das auch einer von meinen. Ich will dein Wort, dass es keine weiteren Jedi-Gedankentricks geben wird!"

Da stelle ich mein Glas vorsichtig auf den Beistelltisch und lehne mich nach vorne, stütze meine Ellbogen auf meine Knie, während ich Penelope ansehe. „Und wie kommst du darauf, dass mein Wort etwas wert ist?"

Penelope hebt ihr störrisches kleines Kinn. „Weil dein Wort ein Versprechen ist. Wenn du es mir gibst, ist es endgültig. So erntest du all diese Seelen für Luzifer."

Bei Satans Bart, diese Frau ist *meine Seelenverwandte!* Und das will was heißen, wenn man bedenkt, dass ich gar keine habe. Aber zum ersten Mal in meinem langen Leben wünschte ich, ich hätte eine.

Ich nicke schließlich. „Ich stimme zu."

Penelopes Atem verlässt sie mit einem erleichterten Rauschen. „Danke."

Lächelnd ergreife ich Penelopes kleine, kalte Hand.

„W-was machst du da?"

„Ich gebe dir mein Wort."

Bevor Penelope protestieren kann, entlasse ich ihre Finger und schneide mit meiner scharfen Kralle in ihre Handfläche, bevor ich das Gleiche mit meiner tue.

„Aua! Was..."

„Sei still, es ist nur ein Kratzer", unterbreche ich Penelopes empörten Aufschrei.

Ich presse unsere Handflächen aneinander, und Penelope erschaudert, als sich unser Blut vermischt.

Dad Bod Dämon

„Oh Gott, was ist das?", fragt Penelope atemlos. Ihre Augenlider sinken auf Halbmast, ehe sie unruhig auf dem Stuhl hin und her rutscht.

„Gott ist nicht hier, Kleines. Der einzige Name, den ich in Zukunft von deinen Lippen hören will, ist meiner. Und was du gerade erlebst, ist mein Blutschwur, der jetzt in Kraft tritt."

Penelope stöhnt. „Soll es sich so..."

„Intensiv? Lustvoll anfühlen?" beende ich und weiß sofort, dass mein Blut eine aphrodisierende Wirkung auf ihren unerfahrenen Körper hat. Penelope stößt einen zittrigen Atemzug aus und leckt sich über die Lippen, was meinen Schwanz zu monumentalen Ausmaßen anschwellen lässt. Sie braucht nicht zu wissen, dass das ganze Blutritual völlig unnötig ist. Jemandem mein Wort zu geben, bedeutet genau das - ein gesprochenes Versprechen, aber mein Blut wird Penelope einen kleinen Vorgeschmack auf das Vergnügen geben, das sie erwartet, sobald meine Braut ihrem Verlangen nachgibt. Wenn sie schon auf ein paar Tropfen so empfänglich ist, weiß nur der Teufel, was es mit Penelope macht, wenn sie mein Blut von der Quelle trinkt...

Mein Schwanz bebt nun schmerzhaft. *Bald* flüstert mein Verstand. „Ich gebe dir mein Wort, dass ich meine... Jedi-Gedankentricks nicht anwenden werde, um dich deines freien Willens zu berauben", verspreche ich grob, bevor ich meine Handfläche von ihr nehme und Penelopes Hand zu meinem Mund führe.

„Was tust du jetzt?", fragt Penelope atemlos.

Ich grinse. „Ich will sehen, ob du so lecker schmeckst, wie du aussiehst." Ich lecke über ihre Handfläche und versiegele die kleine Wunde mit meinem Speichel, bevor ich langsam Penelopes Zeigefinger in meinen Mund nehme. Ich lasse meine Zunge über ihre Haut gleiten und stöhne auf, als ihre Süße meine Geschmacksknospen zum Kochen bringt.

Penelope erzittert, während sich eine Gänsehaut über ihre Arme legt und ihre Brustwarzen sich zu harten Spitzen gegen die Seide ihres Kleides aufspannen. Ihre schweren Brüste heben und senken sich mit ihren tiefen Atemzügen, während Penelope ihre Schenkel sanft zusammenpresst.

Oh ja, meine jungfräuliche Braut ist von meinen Berührungen alles andere als unbeeindruckt! Ich erkenne aber auch einen Funken Widerstandskraft in Penelopes Augen, den Schimmer einer Flamme, die nur darauf wartet, entfacht zu werden. Ein Feuer der ungenutzten Leidenschaft unter der samtigen Haut, das nur darauf wartet, freigesetzt zu werden. *Für mich.*

Meinen Mund lasse ich nun an Penelopes Finger hochwandern und knabbere an der empfindlichen Spitze, bevor ich ihn loslasse. Dann beuge ich mich weiter vor, schiebe eine Hand mit Krallen in das weiche Haar in Penelopes Nacken und beanspruche ihren Mund.

Ich bin nicht zimperlich und zeige keine Gnade, als ich meine Zunge eindringen lasse, um Penelope zu schmecken, ihren Mund zu beherrschen und an ihren weichen Lippen zu knabbern.

Penelope stöhnt leise auf, bis ich mich zurückziehe, doch ihr Mund folgt instinktiv dem meinen.

Ich erkläre lächelnd: „Ich denke, dieser Kuss beweist, dass Gewalt nicht nötig ist, wenn es darum geht, dich in die Freuden des Fleisches einzuführen, Kleines. Aber ich kann warten. Ich werde dir meine Welt zeigen, während wir uns ein bisschen besser kennenlernen!"

Nun lasse ich meine Zunge über Penelopes geschwollene Unterlippe gleiten. „Aber du sollst wissen, dass du und ich unzertrennlich sind und dass du in jeder Hinsicht mir gehören wirst!"

Kapitel 6
Penelope

Zwei Wochen sind nunmehr seit meiner unerwarteten und ebenso ungewollten Hochzeit mit einem Dämon vergangen.

Zuerst dachte ich ja, ich hätte den goldenen Käfig bei meinem Vater gegen eine zinnerne Gefängniszelle mit meinem dämonischen Gatten eingetauscht. Mammon hatte einen Pakt mit meinem Vater geschlossen, nicht jedoch mit mir - und ich war nicht bereit, seine kleine Ehefrau zu spielen!

Doch Mammon zeigt nicht das, was ich erwartet habe. Seit der Hochzeit ist er fast schon... lieb zu mir. Er hat mir in den letzten Wochen mehr Freiheit und Rücksicht zugestanden, als mein Vater mir in den letzten einundzwanzig Jahren erlaubt hatte. Er war überraschend geduldig, aufmerksam und verständnisvoll und hat mir Zeit und Raum gegeben, mich mit meiner neuen Realität zu arrangieren.

Mein Schmerz und meine Wut haben sich abgekühlt, wenn auch nur gegenüber Mammon. Nun aber richtet sich mein Zorn nur noch gegen meinen Vater. Immer wenn ich an seinen Verrat denke und daran, wie sehr er mich getäuscht hat, raubt mir die Wut fast den Atem.

Ich habe mein Leben in der Illusion verbracht, dass er mich über alles liebt. Das machte mich blind und ihm gegenüber loyal. Ich war sein Anhängsel und er hat mich weggeworfen. Mein Vater hat mich niemals geliebt. Er wollte nur ein Bauernopfer, das er für seine narzisstischen Ziele eintauschen konnte.

Mammon hat mir seither seine Rolle in der Hölle erklärt und auch, wie mein Vater sich ihm genähert hat, bevor ich überhaupt geboren wurde. Er ist halt ein Dämon und hat das getan, was Dämonen tun, als er den Deal mit meinem Vater einging. Aber Forest Truman, der Mann, der mich beschützen und aufziehen sollte, ist das wahre Monster.

Als ich Mammon am Altar warten sah, war das ein großer Schock. Ich dachte, ich würde ohnmächtig werden, als ich seine massive Gestalt, seinen riesigen Schwanz und seine brennenden Augen sah. Also tat ich, was jede behütete Prinzessin unter diesen

Umständen tun würde - ich schrie wie die jungfräuliche Braut, die ich war. Ich war so überwältigt von der Situation und dem Verrat meines Vaters, und Mammon sah so... einschüchternd aus. Also schrie ich eine Minute lang, bis mein Vater mich schlug...

Den Schlag hatte ich kaum gespürt - ich war mehr schockiert, dass er seine Hand gegen mich erhoben hatte. Und niemand war überraschter als ich, als Mammon einschritt und mir unmissverständlich klar machte, dass mein Vater mir nie wieder etwas antun würde.

Mammons Berührung war seltsam sanft, als er mir die Tränen wegwischte. Ich sah etwas in seinen Augen, etwas, das mich innehalten ließ - einen Funken Menschlichkeit, der in seinem scharlachroten Blick mitschwamm. Und ich wusste, dass dieser Hauch von Menschlichkeit mehr war, als mein Vater in seinem ganzen Körper in sich trug. In diesem Moment wusste ich, dass ich bei einem Dämon sicherer sein würde als bei meinem eigenen Vater.

Ich bin nicht mehr das naive Mädchen mit den Sternen in den Augen. Ich bin eine verheiratete Frau mit Rachegefühlen in ihrem Herzen. Wenn ich jetzt an ein Monster denke, denke ich nicht an Mammons massige Gestalt, seine scharfen, stolzen Züge oder seine scharlachroten Augen. *Nein, ich denke an meinen Vater.*

Ich betrachte Mammon, meinen Mann, inzwischen in einem anderen Licht. Am Anfang war er furchterregend, aber jetzt löst er in mir Gefühle aus, die ich mir nicht hätte vorstellen können, als ich ihn zum ersten Mal sah. Jaja, ich weiß. Wer hätte gedacht, dass ich einen Dämon sexy finden würde? Ich nicht...

Jedoch, du meine Güte, dieser Kuss! Ich dachte, ich wäre bereit für meinen ersten Kuss. Ich hatte mich geirrt. Es gab keine Möglichkeit, sich auf Mammon vorzubereiten.

Bereits in der Sekunde, in der seine Lippen meine berührten, entfesselte er einen Tsunami des Verlangens, einen Strudel aus Heißhunger und explosiver Lust in mir. Ich hatte keine Ahnung, wie man richtig küsst und er hat mich nicht angeleitet. Er nahm sich einfach, was er wollte, stieß seine Zunge in meinen Mund und verschlang mich. Ich hatte mir diese Art der Invasion nie auch nur vorgestellt, aber es war so roh, so ursprünglich und ließ mich in seinen Armen vor Lust erschaudern.

Sein Mund verschlang meinen in einem Akt, der so viel tiefgründiger war als ein bloßer Kuss. Er überflutete meine Sinne und verlangte alles in mir, ohne Reue. Er rief einen dunklen, verborgenen Teil in mir wach, der mit dem Verrat meines Vaters geboren wurde, wie ein Phönix, der aus der Asche der Unschuld aufsteigt.

Und ich mochte das.

Ich wollte *mehr*...

Mammon hat mich seither mit Respekt behandelt. Am Tag nach unserer Hochzeit führte er mich durch die riesige Villa, die er sein Zuhause nennt. Ich bin ja an Luxus gewöhnt, wenn auch nur in den Grenzen meiner strengen Erziehung, aber Mammons Haus ist eine ganz andere Ebene. Einer von Luzifers besten Seelensammlern zu sein, hat offensichtlich seine Vorteile.

Das Haus hat alles: eine riesige, hochmoderne Küche, Innen- und Außenpools, ein Spielzimmer, ein Spa mit Sauna, Jacuzzi und Dampfbad, ein Musikzimmer und ein Kino. Der schattige Garten ist wunderschön, mit schwarzen Blumen, die im Schatten blühen. Doch mein Lieblingsraum ist die große Bibliothek, die mit Büchern vollgestopft ist, von denen einige so alt sind, dass ich die Sprache nicht mal erkenne.

Das hier scheint ein großes Haus für einen Dämon zu sein und ich habe einen Funken Traurigkeit in

Dad Bod Dämon

seinen Augen gesehen, als wir zusammen gegessen haben. Er ist... *einsam*.

Doch Mammon hat sein Wort gehalten - seit dem Kuss hat er sich nicht mehr unangemessen verhalten oder mich berührt. Die einzigen Forderungen, die er gestellt hat, sind, dass ich mir Zeit nehme und aufgeschlossen bleibe, während wir uns kennenlernen. Oh, und dass ich in seinem Bett schlafe, obwohl es viele Gästezimmer gibt. Das ist das Einzige, bei dem er nicht nachgeben will.

Du bist jetzt meine Frau und wirst jede Nacht neben mir schlafen.

Diese erste Nacht war unangenehm. Mein Mann war schließlich ein Dämon, warum sollte er also sein Versprechen halten, zu warten? Ich kletterte in einem Pyjama ins Bett, der mich vom Hals bis zu den Knöcheln bedeckte, während er sich mit seinem gewaltigen Gewicht neben mich legte. Schließlich schlief ich auf dem Rand der Matratze ein, so weit weg von ihm, wie es in dem riesigen Bett möglich war. Als ich am nächsten Morgen aufwachte und mich an seine Seite geschmiegt wiederfand, meinen Kopf auf seiner breiten Brust und mein Bein über seins geworfen, war das, gelinde gesagt, beunruhigend.

Seither verläuft jede Nacht wie eine Wiederholung dieser. Ich schlafe auf der Matratzenkante ein und wache dann an meinen Mann gepresst auf. Es ist, als ob ich mich nachts zu ihm hingezogen fühle und mich nach der Wärme und Stärke seines Körpers sehne.

Am Ende der ersten Woche gab ich es dann auf und kuschelte mich an ihn, sobald sich die Matratze durch sein Gewicht senkte und schlief sofort ein. Als ich am nächsten Morgen aufwachte, lag Mammon um mich herum, ich mit dem Rücken zu ihm, seine Hand auf meiner Brust und etwas, das sich wie ein Baumstamm anfühlte, an meinem Hintern... Nun, das war eine ganz neue Definition von Morgenlatte!

Doch Mammon hat sich mir nicht aufgedrängt, auch wenn er es hätte tun können. Das ist alles so verwirrend. *Wie kann ein Dämon einen höheren moralischen Kompass haben als mein Vater, der Mann, der mich eigentlich beschützen sollte?*

„Penelope..."

Bei meinem Namen erschrecke ich und kehre in die Gegenwart zurück. Ich schenke Mammon ein sachtes Lächeln über den Esstisch hinweg, an dem wir gerade ein weiteres köstliches Abendessen zu uns nehmen.

„Tut mir leid. Ich war in Gedanken versunken." Ich nehme einen tiefen Schluck von dem Wein in meinem Glas, einem der köstlichsten Dinge, die ich je probiert habe.

„Morgen ziehen wir um", sagt er, ohne mir in die Augen zu sehen. Irgendetwas in seinem Tonfall lässt mir ein mulmiges Gefühl im Magen aufkommen. Unbehagen lässt meinen Puls in die Höhe schnellen, aber in den letzten zwei Wochen ist mir ein Rückgrat gewachsen, ein Rückgrat aus Stahl! Es ist unglaublich, wie stark man mental wird, wenn einem alles genommen wird, was man kennt und woran man glaubt.

Ich schaue ihm in die Augen und frage: „Wohin ziehst du?"

„Ich muss zurück an die Arbeit, Penelope. Luzifer hatte mir diese zwei Wochen als Flitterwochen gewährt, aber er hat mich zurückgerufen. Wir werden morgen nach „Unten" zurückkehren."

Mammons tiefe Stimme jagt mir Gänsehaut über den Rücken. Wir haben noch nicht darüber gesprochen, was mit mir passiert, wenn er wieder zur Arbeit geht... „Kann ich nicht hier bleiben?"

„Nein, das ist nicht sicher", sagt Mammon entschieden.

„Und was erwartest du von mir, während du arbeitest?" frage ich gereizt.

„Du kannst tun, was du willst, Penelope. Mein anderes Haus ist eine Nachbildung dieses Hauses mit allem Komfort, den du dir wünschen kannst."

Ich knirsche mit den Zähnen. „Mein Vater hielt mich in einem goldenen Käfig, Mammon, und sagte mir immer, dass er alles tat, um mich zu beschützen, während er in Wirklichkeit dafür sorgte, dass ich für dich, einen Dämon, rein blieb."

Ein Dämon, von dem du angefangen hast, Träume und Fantasien zu haben. Doch ich schiebe den Gedanken beiseite. „Ich weiß nicht, was erwachsene Menschen zur Unterhaltung tun. Das einzige Mal, dass ich raus durfte, war bei den keuschen Bällen. Ich war noch nie im Kino, um einen Film zu sehen, habe nie ein Museum oder das Theater besucht. Als Kind wollte ich in den Zirkus gehen, um die Clowns und Akrobaten zu sehen, und in den Zoo, um die Tiere zu beobachten. Ich wollte Popcorn, Zuckerwatte und Eiscreme essen. Ich bin mein ganzes Leben lang „behütet" worden", erzähle ich und mache dabei diese Anführungszeichen. Dann schaue ich Mammon in die Augen und neige mein Kinn. „Bitte versetz mich nicht von einem Käfig in einen anderen!"

Dad Bod Dämon

Meine Augenränder füllen sich mit Tränen, ich lasse sie auf meine Hände herabfallen, die auf dem Tisch ruhen. Der Ring, den mein Vater mir an den Finger gesteckt hat, ist jetzt verschwunden und durch Mammons Ehering aus Rubin und Gold ersetzt.

„Ich bin fertig mit dem Essen", sage ich und breche das Schweigen, das sich über uns gelegt hat.

Doch ein Geist taucht aus den dunklen Ecken des Raumes auf und nimmt mir den Teller weg. Tja, daran musste ich mich erst einmal gewöhnen - einen Stab von Geistern und Gespenstern zu haben...

Mammon greift über den Tisch und legt seine große Hand um die meine. Sein dunkles Haar umspielt sein Gesicht auf eine Art und Weise, die eigentlich etwas feminin sein sollte, ihn aber nur noch attraktiver macht. „Dein Vater hat dich für seine ganz eigenen Ziele gefangen gehalten. Es ist nicht mein Wunsch, dir die Flügel zu stutzen, Kleines. Ich bin zwar ein Dämon, aber ich will dich nur vor Schaden bewahren. Dieses „Unten" ist ein gefährlicher Ort, aber niemand wird dir etwas antun, solange ich Luzifer bei Laune halte und ihn mit den Seelen versorge, die er begehrt."

Mein Mann hält inne, legt seinen Finger mitsamt einer Kralle unter mein Kinn und hebt meinen Blick zu ihm. „Ich gebe dir mein Wort, dass ich dich bei unserem nächsten Besuch im Jenseits überall hinbringen werde, wo du willst: ins Theater, ins Kunstmuseum, in den Zoo und sogar in den Zirkus. Wir können Zuckerwatte und Eis essen und mit dem Riesenrad fahren, bis dir schwindelig wird."

Ich blicke in seine purpurroten Augen und erkenne die Wahrheit seiner Worte. Mammon hat versprochen, seit unserer Hochzeitsnacht immer ehrlich zu sein, und er hat mir keinen Grund gegeben, an diesem Versprechen zu zweifeln. Mein Atem stockt, als er seinen Daumen über meinen Handrücken streicht und unsere Finger verschränkt.

Mein Blick wandert zu seinen vollen Lippen und ich stelle mir vor, wie es wäre, ihn wieder zu küssen. Ich hatte mir eingeredet, dass ich mich zu ihm hingezogen fühle, weil er seine Jedi-Gedankentricks anwendet, aber mein Bauchgefühl sagt mir, dass er das nicht tun würde, dass er sein Wort gehalten hat, genauso wie er mich nicht zu einer intimen Beziehung gedrängt hat.

Vielleicht ist meine Reaktion auf ihn mein verzweifeltes Bedürfnis, mich nach dem Verrat meines Vaters begehrt zu fühlen? Oder vielleicht, weil ich mich nach Sex sehne? Mit Mammon...

Es kribbelt schon wieder, aber diesmal ist es stärker als je zuvor. Je länger ich in seiner Nähe bin, desto mehr mag ich Mammon, auch wenn er viel über die dummen Menschen und ihre Zerbrechlichkeit meckert, aber ich kann unsere Verbindung oder das Band, das zwischen uns wächst, nicht leugnen.

Wenn sich unsere Blicke treffen, erkenne ich das Verlangen, das sich hinter seinem Lächeln verbirgt. Da ist Sehnsucht *nach mir*. Ich schlucke, denn mir wird klar, dass er Sex mit mir haben will. *Bin ich bereit, auch mit ihm Sex zu haben? Bin ich gewillt, den nächsten Schritt mit meinem Dämonen-Ehemann zu machen?*

Der nächste Tag kommt mit einer bedrohlichen Last herbei, die wie ein Damoklesschwert in der Luft hängt, während ich mich auf unsere „Reise" vorbereite. Es wird nicht lange dauern - nur ein Sekundenbruchteil, um genau zu sein, denn Mammon wird uns mit einem Fingerschnippen wegbefördern.

Ich versuche, die Fassung zu bewahren, aber in meinem Kopf wirbeln Fragen und so viele Unsicherheiten herum.

„Bist du bereit, Kleines?" fragt Mammon und stellt sich hinter mich, während ich aus dem Fenster unseres Schlafzimmers schaue.

Ich atme tief durch und drehe mich zu ihm um. „So bereit, wie ich nur sein kann."

Mammon umfasst mein Gesicht und streichelt meine Wange. "Du hast nichts zu befürchten, Penelope, aber es ist wichtig, dass du mich in meiner natürlichen Umgebung siehst, wenn diese Ehe funktionieren soll. Ich wurde zu einem bestimmten Zweck erschaffen, und wenn wir eine Zukunft haben sollen, musst du akzeptieren, wer und was ich bin - ein Dämon mit all seiner Dunkelheit und seinen Fehlern."

Dann lege ich meine Hand auf die seine. „Ich habe keine Angst vor deiner Dunkelheit, Mammon. Sie ist offen und ehrlich. Du hast dein wahres Ich nicht vor mir versteckt wie mein Vater. Er ist das wahre Monster, die wahre Dunkelheit."

Mammon nickt. „Nun gut. Lass mich dir die Hölle zeigen!" Mein Herz setzt einen Schlag aus. *Die Hölle.* Das klingt wie ein dunkles Omen und beschwört Bilder von Feuer und Schwefel herauf. Ich klammere mich an Mammon wie an einen Anker, doch meine Angst wird von einer Fassade der Entschlossenheit überdeckt. *Das* ist die neue Penelope, die sich nicht scheut, das, was sie will, mit beiden Händen zu ergreifen!

Dad Bod Dämon

Mammon schnippt plötzlich mit den Fingern und meine Magengrube krampft sich zusammen, da sich unsere Umgebung auflöst und sich in eine andere Welt verwandelt. Die Luft verdichtet sich mit einer beunruhigenden Energie und ich werde das Gefühl nicht los, dass wir verbotenes Gebiet betreten. Ein eiskalter Schauer durchfährt mich, aber ich weiß, dass Mammon nicht zulassen wird, dass mir etwas zustößt.

Das Einsetzen der Realität scheint sich um uns herum zu bilden und es fühlt sich an, als würde ich durch ein Portal in ein Reich gesaugt, das sich dem Verständnis der Sterblichen entzieht.

Die Hölle entfaltet sich vor mir in ihrer ganzen höllischen Pracht - verwinkelte Landschaften, bedrohliche Schatten und eine Aura des Bösen, die mich bis ins Mark erschreckt. Vor lauter Angst drücke ich Mammons Hand fester, aber daneben blüht eine seltsame Faszination in mir auf.

Mammons Anwesenheit ist ein Trost inmitten des Chaos. Trotz der gefährlichen Umgebung fühle ich mich auf unerklärliche Weise zu meinem rätselhaften Dämon hingezogen.

Diese Reise markiert einen entscheidenden Wendepunkt in meinem Leben und einen Sprung ins Ungewisse. *Was erwartet mich in diesem Reich der Schatten und Geheimnisse?*

Mir dreht sich der Magen um, als wir in Mammons Reich ankommen - einer dunklen Kammer mit unheimlicher Dekoration, die in einem unheimlichen Licht zu pulsieren scheint. Die Wände sind mit verschlungenen, bedrohlichen Mustern verziert, und die Luft ist schwer von einer beunruhigenden Stille.

In der Mitte der Kammer steht ein prächtiger Thron, der aus Obsidian gefertigt und mit glitzernden Edelsteinen verziert ist.

Mammon deutet mit feierlicher Miene auf ihn. „Hier führe ich meine Geschäfte", erklärt er. In seinen Augen spiegelt sich eine Mischung aus Stolz und Resignation wider. „Hier in der Hölle machen die Menschen und die Anderen ihre Geschäfte. Sie suchen Reichtum, Macht und Wünsche, die sie sich in der Welt der Sterblichen nicht erfüllen können."

Mammon winkt mit der Hand und ein bequemer Stuhl erscheint in der Ecke, zusammen mit einem kleinen Tisch mit Erfrischungen. Er winkt mich zu sich. „Mach es dir bequem. Niemand wird dich sehen oder hören können, aber du wirst alles deutlich sehen können. Das wird ein langer Tag, aber wenn du gehen willst, sag mir Bescheid, dann bringe ich dich nach Hause."

Dad Bod Dämon

Nach Hause. Komisch, wie richtig das klingt! Ich beobachte fasziniert, wie Mammon seinen rechtmäßigen Platz auf dem Thron einnimmt. Welch königliche Gestalt, die inmitten der Dunkelheit Autorität ausstrahlt. Seine Anwesenheit erregt Aufmerksamkeit, und mir wird klar, wie sehr er mit dem Gefüge dieses höllischen Reiches verwoben ist. Kaum hat mein Hintern den Stuhl berührt, betritt eine Prozession von Personen nach der anderen den Thron.

Jeder nähert sich dem Thron mit einem Blick der Verzweiflung und Sehnsucht in den Augen, getrieben von einem so tiefen Verlangen, dass man bereit ist, die eigene Seele zu verhandeln.

Der erste Bittsteller ist ein Mann mittleren Alters, dessen Hände zittern, während er vor Mammon kniet. „Ich wünsche mir unermesslichen Reichtum", sagt er mit Inbrunst. „Schenke mir Reichtum und Wohlstand und nimm im Gegenzug meine Seele."

Mammons Blick verengt sich, als er die Bitte des Mannes prüft, sein Blick ist unergründlich. "Bist du sicher, dass du das willst? Bist du bereit, deine Seele im Tausch gegen materiellen Besitz für alle Ewigkeit an Luzifer zu überschreiben?"

Ich bin von Mammons Fragen überrascht. Gibt er diesen Menschen sonst auch die Möglichkeit, ihre Meinung zu ändern? Ist es nicht seine Aufgabe, so viele Seelen wie möglich für Luzifer zu sammeln, ohne dass sie ihre Entscheidung noch einmal überdenken müssen?

Vielleicht tut er das, weil ich hier bin. Um mich zu beeindrucken?

Nein! Mammon ist kein Mann oder Dämon, der das Bedürfnis hat, jemanden zu beeindrucken. Wenn ich in den letzten Wochen etwas über ihn gelernt habe, dann, dass er weiß, wer und was er ist, und dass er nicht die Anerkennung anderer sucht.

Das Ziel des heutigen Tages ist, dass ich erfahre, wer er ist, indem ich ihn in seinem Umfeld erlebe.

„Da bin ich mir sicher", antwortet der Mann. Seine Augen glitzern unter dem Versprechen all der „Dinge", die ihm wichtig sind.

Mit einem subtilen Nicken deutet Mammon auf ein Pergament, ein silbernes Skalpell und einen Federkiel, die sich aus dem Nichts materialisieren und einen Vertrag in einer Sprache enthalten, die ich nicht entziffern kann.

Der Mann schneidet eifrig die Klinge des Skalpells in seine Handfläche, unterschreibt seinen Namen mit seinem Blut und besiegelt damit sein Schicksal im Tausch gegen materiellen Reichtum.

Dad Bod Dämon

Ich beobachte mit Neugier und Bestürzung, wie der Mann sich entfernt, seine Miene ist voller Vorfreude und er weiß gar nicht, was seine Wünsche ihn noch kosten werden...

Die nächste Bittstellerin ist eine junge Frau, deren Augen vor Machthunger glänzen. „Ich sehne mich nach Autorität und Einfluss", verkündet sie kühn. „Gewährt mir die Herrschaft über andere, und ich biete dafür meine Seele."

Mammon antwortet schnell, sein Gesichtsausdruck verrät keine Emotionen, während er einen weiteren Vertrag aufsetzen lässt. Er stellt die Frau nicht in Frage, da er offensichtlich weiß, dass sie sich nicht von ihrem Weg abbringen lassen wird. Die Frau unterschreibt ohne zu zögern, ihr Ehrgeiz überschattet jedes Gefühl von Vorsicht oder Reue.

Als die Prozession dann weitergeht, werde ich Zeuge, wie eine Reihe von Seelen ihre ewige Essenz gegen flüchtige Wünsche eintauschen - Reichtum, Macht, Ruhm.

Jede Transaktion hinterlässt einen leeren Schmerz in meinem Herzen und zeigt mir, wie weit die Sterblichen gehen, um ihre Wünsche zu erfüllen.

Doch der nächste Bittsteller hinterlässt den tiefsten Eindruck bei mir - ein gebrechlicher alter Mann, dessen Augen vor Kummer glänzen. „Ich suche das Glück", murmelt er mit sehnsuchtsvoller Stimme. „Ich habe meine liebe Frau vor sechs Monaten verloren. Gewähret mir wahre Freude und Zufriedenheit, indem ihr sie mir zurückbringt und ich übergebe bereitwillig meine Seele."

Mein Herz klopft laut, während ich auf Mammons Antwort warte. Das Gewicht der Worte des alten Mannes hängt schwer wie Blei in der Luft. Für einen Moment erweicht ein Anflug von Mitgefühl Mammons Gesicht und verrät ein Verständnis, das über seine dämonische Natur hinausgeht.

„Glück kann man nicht kaufen oder eintauschen", antwortet Mammon schließlich. In seiner Stimme schwingt ein seltener Anflug von Mitgefühl mit. "Und deine Frau kann nicht wiederbelebt werden, selbst wenn ich einverstanden wäre, weil ihre Seele nicht durch dieses Höllenreich gegangen ist. Sie ist an ihrem rechtmäßigen Platz." Mammon deutet mit einem krallenbesetzten Finger in Richtung des Himmels.

Die Schultern des alten Mannes sinken resigniert herab und seine Augen füllen sich mit Tränen.

„Wenn du deine Seele verkaufst, bekommst du das, was du verloren hast, nicht zurück", fährt Mammon mit sanftem, aber festem Ton fort. „Was du suchst, kannst du nicht in diesem Reich finden, sondern nur in dir selbst."

Der Blick des alten Mannes verhärtet sich, seine Stimme zittert vor Bitterkeit. „Du bist ein Dämon. Was weißt du schon von Ehre?"

Mammons Blick trifft den des alten Mannes ohne zu zögern. „Mehr, als dir vielleicht bewusst ist", antwortet er leise. „Ich muss die Tiefen der sterblichen Begierde verstehen, um zu begreifen, was es bedeutet, seine Seele zu opfern. Das Glück ist endlich, deshalb muss man es schätzen. Dein Glück liegt jetzt in der beständigen Kraft deiner Erinnerungen an deine geliebte Frau, bis auch du zu ihr an deinen rechtmäßigen Platz kommst."

Unter diesen Worten bleibt Mammons Entschlossenheit unerschüttert, ein Beweis für die rätselhaften Tiefen seines Wesens - ein Dämon, der an seine Pflicht gebunden ist, aber auch einen Funken Verständnis für die Zerbrechlichkeit der menschlichen Wünsche hat.

Meine Kehle schnürt sich zu! Mein Mann ist ein Dämon, der ein Jahrtausend damit verbracht hat, den Menschen zuzuhören und sie zu studieren - könnte es sein, dass etwas von ihrer Menschlichkeit auf ihn abgefärbt hat, ohne dass er es weiß?

Da der Mann verstanden hat, dass Mammon seine Meinung nicht ändern wird, geht er und hinterlässt ein Gefühl der Melancholie, das noch lange in der Luft liegt.

Es vergehen Stunden, in denen ich still dasitze und beobachte, wie Menschen auftauchen und verschwinden, nachdem sie ihre Seelen abgegeben haben. Mein Herz ist schwer von widersprüchlichen Gefühlen. Ich bin fasziniert und abgestoßen zugleich von dem krassen Gegensatz zwischen den menschlichen Wünschen und der tiefen Leere, die mit dem Streben nach Gier einhergeht.

Während ich sie beobachte, wie sie ihre Seelen gegen eine flüchtige Belohnung eintauschen, verstehe ich, warum Mammon wollte, dass ich das miterlebe. Manchmal schwappt das Licht in die Dunkelheit und umgekehrt. Es ist die perfekte Metapher für uns, für unsere Beziehung.

Mein dämonischer Gatte ist ein Teil der Finsternis, aber das bedeutet nicht, dass er ohne Licht ist. Ich habe im Licht gelebt, aber das hindert mich nicht daran, mich von seiner Dunkelheit angezogen zu fühlen. Ying und Yang. Leben und Tod. Himmel und Hölle. Das eine kann ohne das andere nicht existieren, denn das Universum braucht ein Gleichgewicht.

Dad Bod Dämon

Die Frage lautet: Können Mammon und ich Teil dieses Gleichgewichts sein?

Kapitel 7
Penelope

Da ich sanft auf die weiche Matratze gedrückt werde, erwache ich. Ich öffne blinzelnd die Augen, und Mammon erscheint vor mir. „Bin ich eingeschlafen?" frage ich schläfrig.

„Ja", antwortet Mammon und streichelt seinen Daumen an meiner Wange entlang, bevor er ihn in den Mund nimmt. „Mhmm, Höllenfeuer-Hotcakes! Mein Leibgericht!"

Stirnrunzelnd frage ich nach: „Was sind Höllenfeuer-Hotcakes und warum habe ich sie im Gesicht?"

„Fluffige Pfannkuchen mit feurigen Gewürzen aus den Tiefen der Unterwelt, gekrönt mit einem Spritzer Lavasirup. Und du bist mit dem Gesicht auf den Erfrischungstisch gefallen, als du eingeschlafen

Dad Bod Dämon

bist. Das ist meine Schuld. Ich habe nicht bedacht, wie die Atmosphäre hier unten auf dich wirken würde. Du wirst dich ein paar Tage lang müde und benommen fühlen, bis du dich akklimatisiert hast."

„Wo sind wir?" frage ich und drehe meinen Kopf auf dem Kissen.

„In unserem Schlafzimmer „Unten".

„Sieht aus wie ein Abbild unseres Hauses da oben", murmle ich und betrachte das dunkle Holz und die schweren Vorhänge, die einen Kontrast zu unserem hellen, ultramodernen Haus in der sterblichen Welt bilden.

„Abgesehen von der Einrichtung ist alles gleich", erzählt Mammon und richtet sich auf. „Geh wieder schlafen! Ich komme wieder, wenn es Zeit für das Abendessen ist."

Doch ich ergreife seine Hand mit den Krallen, noch bevor er sich entfernt. „Wie machst du das?"

Mammon hält inne und blickt mich mit seinem scharlachroten Blick an. Er weiß, worauf ich hinaus will...

„Dafür wurde ich erschaffen. Das ist alles, was ich kenne."

„Erschaffen von wem?"

„Von Luzifer."

„Du bist also genauso ein Gefangener wie ich es war", sage ich leise. „Gibst du diesen Menschen deshalb eine Chance, ihre Meinung zu ändern? Um ihren Fehler zu erkennen?"

Mammon hockt neben mir auf der Bettkante und legt unsere Hände auf seinen harten Oberschenkel. „Nur einige. Diejenigen, die noch einen Hauch von Zweifel an ihrer Entscheidung haben. Teil meiner Macht ist es, ihre Zukunft zu sehen, wenn sie meine Kammer betreten. Sie glauben, dass sie ein langes Leben führen werden, wenn sie ihre Seelen erstmal eingetauscht haben, aber viele tun das nicht. Ihre Gier führt dazu, dass sie schlechte Entscheidungen treffen, bevor sie überhaupt zu mir kommen, und sie tun das auch noch, wenn sie den Reichtum, die Macht und den Erfolg haben, nach dem sie sich sehnen. Der Mann, den du vorhin gesehen hast, der nach unermesslichem Reichtum gefragt hat? Er wird innerhalb von sechs Monaten tot sein. Herzinfarkt. Und dann wird Luzifer seine Seele für die Ewigkeit beanspruchen."

Ich schüttle ungläubig den Kopf. „Er hat seine Seele für sechs gute Monate eingetauscht?"

Mammon zuckt mit den Schultern. „Ja. Ich frage

mich, ob er sich anders entschieden hätte, wenn er es gewusst hätte."

„Und du konntest es ihm nicht sagen, oder? Das war also deine Art, ihm eine letzte Chance zu geben."

Ich drücke seine Hand und stelle die Frage, die mich schon so lange quält: „Hast du die Zukunft meines Vaters gesehen, als er mich an dich verkaufte?"

„Nein. Seltsamerweise war seine Zukunft verschwommen, genauso wie alles über dich bis zum Tag unserer Hochzeit." Mammon runzelt die Stirn. „Ich nahm an, dass Luzifer seine üblichen Spiele spielt."

„Du hast also keine Ahnung, ob mein Vater in der Hölle landen wird?"

„Oh, seine Seele wird irgendwann verwirkt sein und ich verspreche dir, dass du einen Sitz in der ersten Reihe haben wirst, wenn er verurteilt wird." Mammon grinst und sieht ganz wie der Dämon aus, der er ist. „Aber ich warne dich, es wird nicht schön."

Das bringt mich zum Lächeln: „Da ist mein großer, böser Dämon." Ich hätte nie gedacht, dass ich ein rachsüchtiger Mensch bin, aber ich kann diesen Tag kaum erwarten! Wird mein Vater seinen Verrat für wert erachten, wenn sein Tag in der Hölle gekommen ist? Ich bin mir sicher, dass er bereits darüber nachdenkt, wie er sich aus dem Vertrag herauswinden kann...

Mammon erhebt sich über mich und nähert seinen Mund bis auf wenige Zentimeter an meinen heran. „Ich werde immer groß und böse für dich sein, Kleines. Ich habe dir gesagt, dass ich warten würde, aber meine Kontrolle hält nur begrenzt. Wir haben die ganze Ewigkeit, um uns kennenzulernen, aber irgendetwas sagt mir, dass das nicht ausreichen wird, um mich an dir satt zu sehen", sagt er unwirsch.

Nun verstehe ich, dass er geduldig war, weil die Zeit für ihn kein Ende hat. Das Leben hat keines. Heißt das, dass ich auch ewig leben werde? Ich bin mir nicht sicher, ob ich das will, aber der heutige Tag hat mir ein wenig mehr Einblick in meinen Mann verschafft.

Mit zittrigem Atem halte ich seinem feurigen Blick stand und sage: „Ich will nicht, dass du wartest, Mammon." Etwas Dunkles und Lüsternes schimmert in seinen Augen auf, bevor er es schnell ausblendet, während er sich über mich auf das Bett manövriert.

„Hat das Aufwachen in meinen Armen in den letzten Wochen dazu geführt, dass deine enge kleine Pussy für mich erzittert, Penelope? Denn deinen kurvigen

Arsch jeden Morgen gegen meinen Schwanz zu pressen, hat mich fast in den Wahnsinn getrieben."

Auf seinem kräftigen Arm balancierend, schiebt Mammon seine Hand unter mich und umfasst meinen Hintern, zieht mein Becken gegen seins und reibt seine Erektion zwischen meinen Schenkeln.

„Dem Drang zu widerstehen, dir diesen verdammten Schlafanzug von den Schenkeln zu reißen und in dich hineinzugleiten, hat mir jedes Quäntchen Willenskraft abverlangt."

Ich wimmere bei den Bildern, die seine Worte in meinem Kopf erzeugen. „Mammon..."

„Sag mir, was du willst, Kleines! Willst du meinen Mund auf deinen Lippen? Dass meine Zunge deine Süße auskostet? Dass mein Schwanz tief in dich eindringt?"

Ich bekomme gar keine Gelegenheit zu antworten, da Mammons Lippen auf meine treffen. Ich atme scharf ein, denn seit unserer Hochzeitsnacht habe ich mich oft an unseren ersten Kuss zurückerinnert, aber meine Erinnerungen sind verblasste Schnappschüsse im Vergleich zur Realität.

Da erhöre ich ein Geräusch, so ein leises Stöhnen, als seine Zunge in meinen Mund eindringt, und mir wird klar, dass es von mir kommt. Meine Hand umklammert sein Hemd und verlangt danach, dass er näher kommt. Ich will mehr, ich will alles darüber wissen, was zwischen zwei bereitwilligen Erwachsenen passiert. Ich bin durstig nach diesem Wissen!

„Ich will mehr", seufze ich gegen seine Lippen und schlinge meine Beine um seine Taille. „Ich will dich, Mammon."

„Aaaah", sagt er mit einem leisen Kichern und schüttelt leicht den Kopf, „wie sehr ich dich will, meine Penelope, aber bist du auch so bereit für mich, wie du glaubst, dass du es bist? Bist du dir sicher?"

Ich blicke zu Mammon auf, doch die Worte bleiben mir im Hals stecken. *Bin ich bereit für diesen Dämon, der mich mit Leib und Seele einnehmen will?* Darauf gibt es nur eine Antwort.

„Ja", flüstere ich. Ich bin nervös, aber die Vorstellung, endlich meine Wünsche zu erfüllen, ist befreiend. Ich bin es leid, gefangen zu sein, weggesperrt von dem, was ich will. Keine unausgegorenen halben Sachen mehr!

„Es wird nicht wie mit einem anderen Menschen sein", warnt mich Mammon.

Ich lächle. „Ich habe weder mit Menschen noch mit Dämonen Erfahrung, es ist also so oder so alles neu für mich."

So ein leises Glucksen entweicht seiner Kehle und entfacht ein Feuer in meinem Inneren. Mammons Hände gleiten über mich, sanft und langsam. Er beobachtet mich, um meine Reaktion zu sehen. Ich zittere, weil ich will, dass er mich verwüstet, dass er mich besitzt, dass er mich seinen dunklen Gelüsten unterwirft.

Dann schließe ich kurz die Augen. „Ich will, dass du das tust. Ich brauche dich dafür. Und du bist mein Ehemann." Das Wort *Ehemann* lässt Mammon besitzergreifend knurren, während er beginnt, mir die Kleider auszuziehen. Ich weiß, dass er wahrscheinlich seine Kräfte einsetzen könnte, aber er ist sich bewusst, dass dies mein erstes Mal ist. Hätte sich ein menschlicher Mann so darum gekümmert?

Ein lustvoller Schauer durchfährt mich, als die Luft meinen Körper berührt, der so entblößt ist wie nie zuvor. Auch so ein Kribbeln läuft mir den Rücken entlang und ich öffne die Augen, bis unsere Blicke kollidieren. Ich sehe das Verlangen, das er nicht länger vor mir verbirgt, und mein Magen spielt verrückt. *Er will mich, sehnsüchtig.*

Ich hätte mir nie träumen lassen, dass mich ein Mann so ansehen würde. Bis jetzt war das alles nur Fantasie. Sein Bedürfnis zu sehen, ermutigt mich.

„Darf ich?" frage ich, während ich nach seiner Kleidung greife. Mammon nickt und führt meine zitternden Finger über sein Hemd, dann zu seiner Hose. Ich halte Blickkontakt mit ihm, will ihn aber erst im letzten Moment wirklich ansehen. Die meisten Menschen würden erwarten, dass ein Dämon wie Adonis geformt ist, aber Mammon ist es nicht. Mein Mann ist massig und kräftig. Breite Schultern, eine breite Brust, muskelbepackte Arme und Beine so groß wie Baumstämme. Er trägt also zusätzliches Gewicht und das gefällt mir.

Wie nennt man das noch? Einen Dad Bod, genau! Ich habe meinen eigenen Dad Bod Dämon, und er ist so sexy wie... nun ja, die Hölle selbst. Mein Brustkorb hebt und senkt sich in kurzen Atemzügen, mein Herz klopft, während ich ihn betrachte. Als er endlich nackt ist, lasse ich meinen Blick über seine dicken Bauchmuskeln und weiter nach unten schweifen.

Mir bleibt der Mund offen stehen, als mein Blick auf seinem riesigen Schwanz landet. Nicht, dass ich jemals einen gesehen hätte, aber irgendetwas sagt mir, dass er viel größer als ein menschlicher Schwanz ist. Ich wusste, dass er sich morgens an meinem Hintern groß anfühlte, aber nichts hat mich auf diesen Anblick in seiner ganzen gigantischen Schönheit vorbereitet. Und dann sind da noch die höckerartigen Stacheln, die sein pralles Fleisch bedecken.

Ich schlucke und sehe mit an, wie sein Schwanz hinter ihm zuckt, was ich als unterdrückte Gefühlsregung meines Dämonenmannes erkenne. Er greift nach meiner Hand, und ich werde rot, da er sie zu seinem dicken Schwanz führt. Mammon stöhnt, als ich ihn greife und meine Hand erkundend auf- und abgleiten lasse.

„Die Zacken sind ein bisschen rau, aber nicht scharf genug, um dir weh zu tun. Sie können dir ein gutes Gefühl geben, wenn du sie lässt..."

Ich lecke mir nervös über die Lippen und schaue zu ihm auf, um zu sehen, wie sein Blick vor Lust glänzt. Derweil räuspere ich mich nervös. „Also... Ja, ich will das spüren."

„Oh, das wirst du, Kleines", sagt Mammon sanft und lehnt sich auf seinen Hüften zurück. "Aber zuerst öffnest du deine Beine. Lass mich sehen, was mir gehört!" Ich beiße mir auf die Lippe und öffne meine Schenkel, um Mammon mein rosa Lustzentrum zu offenbaren.

„Wunderschön", knurrt er, während sein Blick auf meine Pussy gerichtet ist. „Ein Festmahl nur für mich."

Mein Herzschlag beschleunigt sich noch mehr bei der Aussicht, dass er mich endlich berührt und all die Sehnsüchte befriedigt, die ich wie geheime Sünden versteckt gehalten habe. Sünden, die einen bloßen Dämon nicht interessieren würden. Sünden, von denen ich hoffe, dass mein Mann sie ausleben wird.

Mammons Finger gleiten über mich, seine Krallen kratzen sinnlich an meinen Schenkeln, mit einem Hauch von Schmerz, der sich so gut anfühlt. Ich will seine dicken Finger in mir spüren, um ihn ganz zu erleben, aber dazu muss ich ihn bitten, die Krallen zu feilen.

Keuchend wippe ich mit den Hüften, während Mammon mit seinen Daumen vorsichtig meine Schamlippen teilt. Er senkt seinen Kopf und fährt über mein empfindliches Fleisch, was mir ein gequältes Stöhnen entlockt. Mammons Zunge streift eine Stelle, die ich unter der Dusche und nachts im Bett schon oft berührt habe...

Doch seine Berührung? Diese ist unglaublich.

Mit einem animalischen Knurren wirft Mammon meine Beine über seine Schultern und beugt sich wieder zu mir, wobei sein heißer Atem meine Innenseiten der Oberschenkel kitzelt.

Dad Bod Dämon

„Du riechst fantastisch", sagt Mammon, bevor er seine tiefrote Zunge wieder herausstreckt und in mich eintaucht, als hätte er tagelang nichts gegessen und ich wäre die Mahlzeit.

Mammon küsst meine Pussy, wie er meinen Mund geküsst hat, saugt, leckt und beißt. Ich krümme mich unter ihm, während unerklärliche Empfindungen meinen Körper und mein Gehirn zum Explodieren bringen. Ich kann kaum noch denken, meine Worte und mein Gemurmel sind total unverständlich. Mein Körper macht, was er will, drängt sich Mammon entgegen und bettelt um eine Art der Erlösung, die ich noch nie erlebt habe.

Die Spannung in meinem Inneren zieht sich immer mehr zusammen, die Empfindungen steigern sich in einer Kombination aus Ekstase und Schmerz, bis all das in einer Flutwelle über mich hereinbricht. Meine Schenkel umklammern Mammons Kopf und halten ihn an mir fest, während die Glückseligkeit durch mich hindurchfließt und ich erzittere und zusammenbreche. *Lieber Gott, das ist es also, was ich verpasst habe? Kann es noch etwas Schöneres geben als das?*

Mammon hebt seinen Kopf und grinst mich an, während ich nach Luft schnappe. Sein heißer Blick lässt meine pulsierende Pussy vor Leere krampfen. *Wie könnte ich denn noch mehr brauchen?*

Mein Mann leckt und küsst sich meinen Körper hinauf, bis er über mir thront, welche herrlich dämonische, männliche Kraft!

„Weißt du noch, was ich dir in der Nacht unserer Hochzeit geschworen habe, Penelope?"

Ich nicke und lecke mir über die plötzlich trockenen Lippen. „Du hast gesagt, dass wir auf ewig eins sind und dass ich in jeder Hinsicht dir gehören werde."

Mammon lacht. „Es ist an der Zeit, diesen Schwur in die Tat umzusetzen. Atme tief durch, Kleines. Das wird vielleicht ein bisschen wehtun... am Anfang."

Sein riesiger, stacheliger Schwanz zeigt auf seinen Bauch, sein schwerer Sack hängt darunter. Ein Tropfen Flüssigkeit perlt an der Spitze und mir läuft das Wasser im Mund zusammen, um davon zu kosten...

„Nächstes Mal, Kleines", sagt Mammon und liest das Verlangen in meinen Augen. „Ich habe lange genug darauf gewartet, in dieser engen Pussy zu versinken, zu spüren, wie sie mich ganz verschlingt und aussaugt."

Mein Atem stockt bei der Vorstellung, wie er in mir ist, wie auch unter seinen verdorbenen Worten. Von diesen Stacheln... Mammon kniet zwischen meinen Schenkeln, packt meine Hüften und zieht mich zu sich heran. Er spreizt mich weit und richtet seinen Schwanz auf mir aus. Dann schiebt er die breite Spitze hinein und ich verstehe plötzlich, was er meinte, als er mir sagte, ich solle Luft holen.

Er ist nur teilweise in mir und ich bin bereits sicher, dass er mich zerreißen wird.

„Mammon?" frage ich unsicher.

„Pssst, du kannst mich ganz aufnehmen, kleine Frau", raunt er mit verschlossenem Kiefer. Mammon lässt meine Hüften los und drückt meine Brüste zusammen. Seine Daumen und Zeigefinger finden meine Brustwarzen und kneifen fest zu.

Die Kombination aus Lust und Schmerz lässt mich mit den Hüften wippen und mich noch mehr auf seinen Schwanz fallen. „Oh, Gott!" stöhne ich, denn meine Muskeln brennen bei seinem Eindringen.

Mammon knurrt. „Was habe ich dir über das Aussprechen seines Namens gesagt, Kleines?"

„Mammon, du bist zu groß. Ich glaube, ich kann nicht..."

„Doch, das kannst du", unterbricht er mich und seine roten Augen bohren sich in mich.

„Kannst du nicht deinen Jedi-Gedanken-Trick anwenden? Damit es nicht weh tut?"

Mammon lacht düster. „Oh nein, meine geliebte Frau. Ich habe ein Versprechen gegeben. Ich werde es jetzt nicht brechen. Diese unberührte Pussy wird jeden Zentimeter nehmen, den ich dir gebe. Ich will deine Schreie hören, wenn ich in diese enge Muschi eindringe und meinen Schwanz mit deinem jungfräulichen Blut benetze. Ich will, dass du alles spürst. Ich will, dass du dich daran erinnerst, wie roh und ehrlich unser erstes Mal war. Du bist für mich gemacht, Kleines, so wie ich für dich gemacht bin. Du warst mein, bevor du geboren wurdest. Du gehörst mir jetzt und du wirst mir bis in alle Ewigkeit gehören."

Meine Augen weiten sich, denn Mammons Verlangen nach mir ist eine treibende Urkraft. „Du willst mich also für immer? Aber..."

Mammon Lippen ziehen sich zurück, was ihm einen wilden Blick verleiht. „Für immer ist eine lange Zeit, Kleines. Aber immer noch nicht lang genug, wenn es um dich geht." Mit diesen Worten packt er wieder meine Hüften und gleitet in mich. Mein Schrei hallt von den Wänden wider, bis sein dicker Schwanz sich durch meine engen, jungfräulichen Liebesmuskeln bohrt.

Mammon zieht meinen Oberkörper zu sich heran, saugt meine Brustwarze in seinen Mund und beißt hinein. Der stechende Schmerz lenkt mich von den Schmerzen zwischen meinen Beinen ab und lässt ein Gefühl der Lust aufkommen. Er macht das Gleiche mit der anderen Brustwarze, um den Funken der Lust zu nähren und ihn zu glühender Glut anzufachen.

„Mammon!" Ich schluchze, als er sich zurückzieht und wieder in mich stößt.

„Verdammt, du bist so eng, Penelope. Du fühlst dich so gut an, wenn du meinen Schwanz umschlingst. Besser als ich es mir je hätte vorstellen können. Schau, meine Kleine. Sieh nur, wie gut du mich nimmst. Mein braves Mädchen..."

Mammons Worte lassen unerwartete Hitze in mir auflodern. Ich tue, was er mir sagt, und schaue auf die Stelle, an der wir miteinander verbunden sind. Blutspuren bedecken seinen Schwanz, vermischt mit den Säften von meinem Orgasmus. Der Anblick ist so heiß!

„Verdammt geil", stöhnt Mammon und stößt wieder und wieder in mich, während seine schweren Eier gegen meinen Arsch klatschen. „Und ganz mein."

Mammon greift zwischen uns und kneift in meine Klitoris. Ich schnappe nach Luft, als sich meine Muschi um ihn zusammenzieht, und in meinem

Unterleib kocht die Lust hoch. Der Schmerz seiner Dominanz ist jetzt nur noch ein dumpfes Unbehagen, während sich mein Körper dehnt, um ihm entgegenzukommen.

Mammon hat Recht. Ich brauche das. Ich brauche diese ursprüngliche Verbindung. Ich sehne mich nach dem Schmerz meiner Lust, genau wie ich mich nach der Dunkelheit in meinem Mann sehne. Seine Stacheln massieren meine Muskeln mit jedem Stoß und Zug seiner Hüften und treffen auf die perfekte Stelle in mir.

Der Schmerz ist jetzt nicht mehr von der Lust zu unterscheiden, während blendende Hitze aus meinem Inneren herausstrahlt. Ich greife nach Mammon, meine Hände suchen verzweifelt nach ihm und ziehen ihn zu einem Kuss heran, wobei die Bewegung ihn noch weiter in meine bebende Lustgrotte zwingt.

Mammon gibt mir, was ich brauche, leckt über meinen Mund, schmeckt jeden Zentimeter und verschränkt seine Zunge mit meiner, bis mir schwindelig wird. Er unterbricht nun aber den Kuss und ich sehe, wie er seine scharfen Zähne in die Innenseite seines Handgelenks bohrt, bevor er es an meinen Mund presst und meine Lippen mit seinem Blut benetzt.

„Du hast dein Blut mit mir geteilt, und jetzt teile ich meins mit dir. Trink", befiehlt Mammon und seine Augen leuchten wie flüssiges Feuer. Meine Zunge streckt sich zaghaft heraus und ich lecke sein Handgelenk ab. Wir stöhnen beide auf. Mammons Blut überzieht meine Zunge wie Ambrosia und jagt einen Stromstoß der Lust durch meine Adern. Der Geschmack ist anders als alles, was ich je erlebt habe, gleichzeitig reichhaltig und berauschend, mit einem Hauch von rauchiger Süße, die auf meinem Gaumen verweilt.

Während ich trinke, entsteht eine seltsame und starke Verbindung zwischen uns, ein Band, das durch Blut und gemeinsames Verlangen geschmiedet wurde. Jeder Schluck erfüllt mich mit einem Gefühl der Euphorie, als würde ich nicht nur sein Blut, sondern auch ein Stück von Mammons Essenz zu mir nehmen.

Mammons Griff um meine Taille wird fester und er zieht mich näher heran, bis kein Platz mehr zwischen uns ist. Unsere Körper verschmelzen in einer Symphonie aus Hitze und Leidenschaft, einem Tanz der Dunkelheit und des Verlangens, bei dem Mammon der Dirigent unserer verbotenen Symphonie ist. Er zieht sein Handgelenk zurück, seine Augen glühen vor roher Intensität.

„Spürst du es, Penelope?", flüstert er, seine Stimme ist heiser vor Verlangen. „Die Verbindung zwischen uns?"

Ich nicke, meine Sinne schwanken unter dem berauschenden Cocktail aus Lust und Macht. „Ja", hauche ich flüsternd. „Ich spüre es, Mammon. Ich spüre dich."

„Gut. Jetzt komm noch einmal für mich, Kleines", raunt Mammon und seine Finger bohren sich in meine Hüften, während er in mich hinein und wieder heraus stößt. Mammon stößt tief in mich, drückt bis gegen meinen Gebärmutterhals - und dann löse ich mich und schreie seinen Namen. Als er sich zurückzieht, um dann wieder in mich zu stoßen, keuche ich noch lauter.

Es fühlt sich so gut an. Ich kann nur noch um mehr betteln, ehe mich ein weiterer Orgasmus überrollt. Ich bin mir nur vage bewusst, dass Mammon ein ersticktes Grunzen von sich gibt, als er zum Höhepunkt kommt und wie ein Geysir sein Sperma in meine gierige Möse spritzt, bevor er auf mir zusammenbricht.

„So verdammt gut, Kleines", ächzt er und drückt mir Küsse auf Nase, Wangen und Kinn, während sich unser Atem langsam beruhigt.

Dad Bod Dämon

„Mmhmm", hauche ich wie ein flüssiges Elend. Mammon kichert und drückt mir einen weiteren Kuss auf die Nase, bevor er sich aus mir zurückzieht und in Richtung Badezimmer schreitet. In weniger als einer Minute ist er mit einem warmen Waschlappen zurück, mit dem er mein Blut und unsere Flüssigkeiten von meiner geschwollenen Pussy wischt.

„Konntest du mich nicht einfach mit deiner Magie säubern?" keuche ich trotz Schmerz zwischen meinen Beinen.

Mammon grinst bloß: „Und wo bleibt da der Spaß? Jede Ausrede ist recht, um diese süße Pussy anzufassen. Ich mag es, mich um dich zu kümmern." Mammon schnippt mit den Fingern und das Tuch verschwindet plötzlich. Dann klettert er zurück ins Bett, drückt mich an seine Seite und ich schmiege mich an ihn und genieße seine Festigkeit und Wärme.

„Schlaf, meine Königin", brummt Mammon und legt sein Kinn auf meinen Kopf.

Und genau das tue ich.

Kapitel 8
Mammon

Mich auf meinem Thron ausbreitend, ignoriere ich den angehenden Countrymusik-Star, die davon spricht, dass sie die Welt mit ihrer Musik in die Knie zwingen will. Meine Gedanken sind nur bei meiner neuen Braut, während ich eines meiner Hörner streichle. Ich lächle, als ich mich daran erinnere, wie Penelope sie letzte Nacht gepackt hat, als sie mich ritt und uns beide zu einem überwältigenden Orgasmus einbrachte.

Nun ist es jetzt einen Monat her, dass ich Penelope entjungfert habe. Sie ist nicht mehr „rein" im körperlichen Sinne. Ich habe sie in jedem Raum des Hauses hart durchgefickt - auf dem Esstisch, an der Wand, über die Couchlehne gebeugt, in der Dusche...

Dad Bod Dämon

Und mein versautes Kätzchen hat jeden Moment genossen. Wer hätte gedacht, dass meine jungfräuliche Braut eine dunkle Seite im Schlafzimmer hat? Penelope liebt es, wenn ich dominant bin, wenn ich sie hart und grob nehme. Was ist also der Teil von mir, der sie halten und verehren will, wenn wir unsere körperlichen Bedürfnisse gestillt haben? Der Teil, der auf die Bewunderung in Penelopes Augen reagiert, wenn sie auf meinem Schwanz kommt und wenn ich ihr Geschenke mache, von denen ich glaube, dass sie sie mögen wird?

Penelope liebt mich. Sie hat es nicht gesagt, aber ich sehe es in ihren Augen, wenn sie mich ansieht, besonders wenn ich tief in ihr bin. Wenn es tatsächlich Liebe ist, die sie empfindet. Ich bin ein verdammter Dämon. Ich habe noch nie jemanden geliebt, noch hat mich jemand geliebt, also woher soll ich das wissen? Vielleicht ist es wie eine Jugendliebe, die mit der Zeit verblasst?

Es überrascht mich aber, wie sehr mich dieser Gedanke stört. Penelope ist alles, von dem ich nie wusste, dass ich es brauche. Sie ist der helle Stern an meinem dunklen Nachthimmel. Und sie leuchtet so schön und führt mich mit ihrer Wärme und Freude mühelos zu ihr.

Ich streiche mir mit der Hand über das Gesicht. Ich brauche eine Pause von dieser Unterwelt. Ich will Penelope und dieses Verlangen ist alles verzehrend, aber es gibt nur einen von mir, nur so viel, wie ich ihr geben kann und trotzdem meine Quote an Seelen für Luzifer erfüllen kann.

„Unterschreibe hier", sage ich, als das lästige Dröhnen des Musikers endlich aufhört, und rufe die Materialien herbei, die ich für den Handel brauche.

Der Mensch verschwindet, und statt eines anderen Menschen erscheint Luzifer in seiner Engelsgestalt mit ausgebreiteten Alabasterflügeln. Sein selbstgefälliges Grinsen lässt mich verärgert mit den Zähnen knirschen. Ich kann seinen Unsinn heute nicht gebrauchen. Mein Schwanz peitscht vor Frustration. Damit verrate ich Luzifer, dass seine Anwesenheit mich beunruhigt hat.

„Wie ist das Eheleben?" fragt Luzifer mit der silbernen Stimme eines vom Himmel gefallenen Engels.

Ich erwidere seinen Blick nicht. "Es passt zu mir. Warum?"

Luzifer schnalzt missbilligend mit der Zunge. „So empfindlich, Mammon? Es scheint, als würde deine neue Frau dich von deinen Pflichten ablenken." Er umkreist meinen Thron, streicht mit einem Finger über die Armlehne und entfernt ein Staubkorn. Sein Blick bleibt an meinem haften. „Deine Zahlen sind rückläufig."

Weil meine Frau mich süchtig macht, denke ich, behalte es aber für mich. „Die Menschen sind im Moment mit ihren Ferien abgelenkt. Um diese Jahreszeit gehen die Zahlen immer zurück."

Luzifers Augen verengen sich, da er mir meine Ausrede offensichtlich nicht abkauft. Ich winke abweisend mit der Hand. Es ist wichtig, dass der König der Hölle nicht weiß, wie wichtig meine Frau für mich geworden ist. Er würde sie nur als Verhandlungsmasse benutzen.

„Können wir zur Sache kommen, Luzifer? Ich habe keine Zeit für so etwas." Jeden Moment wird Penelope darüber nachdenken, was sie als nächstes im Schlafzimmer ausprobieren will... Ihre sexuellen Bedürfnisse erreichen mich laut und deutlich, seit wir intim geworden sind. Ich werde diese Gedanken erhören und mich zu ihr hingezogen fühlen. Das weiß ich aus Erfahrung. Meine kleine jungfräuliche Braut hat sich im Schlafzimmer in einen Dämon verwandelt - mit Absicht...

Doch ich muss eine Balance finden. Meine Aufgabe ist es schließlich, die Hölle mit neuen Seelen zu füllen, aber ich möchte diese Zeit auch mit meiner Frau verbringen und mich in ihr verlieren, so wie ich es jedes Mal tue, wenn ich sie berühre. Das ist alles neu für mich, und es gefällt mir nicht, aber ich glaube langsam, dass ich mich in mein mutiges, kämpferisches kleines Kätzchen verliebt habe.

„Deine Abwesenheit von deinem Thron in letzter Zeit ist aufgefallen. Pass auf, dass du deine neue Braut nicht verlierst, bevor du sie richtig eingeweiht hast", sagt Luzifer drohend.

„Was meinst du mit ‚verlieren'? Warum sollte ich sie verlieren?" frage ich und versuche, Luzifer nicht merken zu lassen, dass er einen Volltreffer gelandet hat.

„Oh, du weißt doch, wie es hier unten zugeht. Jeder ist auf der Suche nach mehr Macht. Wenn du deine Pflichten vernachlässigst, wartet schon jemand anderes darauf, deinen Platz einzunehmen. Ganz zu schweigen davon, dass du dir hier unten Feinde gemacht hast. Sie würden sich über einen kleinen Leckerbissen wie deine Frau Mammon freuen. Es wäre klug von dir, daran zu denken, dass sie nur ein enges Loch ist, um deine Bedürfnisse zu stillen..."

Bei Luzifers grober Beschreibung knirsche ich unweigerlich mit den Zähnen und würde ihm am liebsten den aufgeblasenen Kopf von den Schultern reißen. „Penelope ist eine Neuheit, die sich abnutzen wird", sage ich und zwinge diese Worte mit gespielter Lässigkeit heraus.

„Du musst vorsichtig sein, Mammon. Du machst eine Menge Fehler…" Luzifer richtet sich auf und betrachtet seine makellosen Krallen, bevor er seinen Blick wieder auf mich richtet. Sein Gesichtsausdruck und sein Tonfall sind finster, bis er sagt: „Enttäusche mich nicht und störe mich nicht auf meinem Spielplatz, sonst wird es Konsequenzen haben."

Mit fader Miene senke ich meinen Kopf und nicke. „Ja, Luzifer."

„Ich meine es ernst, Mammon. Du bist immer mein bester Dämon. Sorge dafür, dass das auch so bleibt." Luzifer zeigt mit seinem rechten Zeigefinger auf mich wie ein frecher Schuljunge, bevor er in einer roten Blasenpuste verschwindet. Der Schwefel brennt in meiner Kehle, bis ich die roten Blasen wegwinke. Nun… Besser als verdammter Glitzer, nehme ich an. Eigentlich sollte ich mich an Luzifers Gestank schon gewöhnt haben, aber daran gewöhnt man sich nie.

Nun lehne ich mich auf meinem Thron zurück und weiß, dass es nicht mehr lange dauern wird, bis die nächste unglückliche Seele den Weg in meine Gegenwart findet.

Diesmal ist es kein gieriger Mensch, sondern eine gieriger Gorgon, der die Organisation eines Mafiaführers übernehmen will. „Du weißt schon, dass die Organisation dich töten wird, wenn du als Anführer versagst?" frage ich, denn ich weiß, dass der nicht einmal genug Gehirnzellen hat, um sich den Arsch abzuwischen, geschweige denn ein so großes kriminelles Imperium zu leiten.

„Oh, nein, das wusste ich nicht. Kann ich das nicht in den Vertrag aufnehmen?", fragt der Gorgon und reibt sich die Hände. Ich starre das Gorgonenmännchen und seinen schlangenbedeckten Kopf an, bis er aufhört, sich die Hände zu reiben und aufrecht steht.

„Nein, das können wir nicht als Klausel aufnehmen", schnauze ich, während meine Wut mich übermannt. Ich würde ja sagen, dass ich mich über den ärgere, aber tief in mir weiß ich, dass das wahre Problem im Schlafzimmer unserer Höllenvilla liegt und auf meine Rückkehr wartet.

Das Verlangen, zu Penelope zu gehen, mich in ihr zu sonnen, in ihrer Essenz zu baden, ist anders als alles, was ich je erlebt habe, und ich fürchte, ich werde... *weich*.

„Nun, warum nicht? Es ist ganz einfach. Schreib einfach da rein, dass sie mich nicht töten können", fragt er und hüpft vor Aufregung von einem Fuß auf den anderen.

„Nö, das geht nicht. Du musst in der Lage sein zu tun, was getan werden muss, wenn du dieses Dokument unterschreibst. Ich kann meine Magie einsetzen und Dinge geschehen lassen, aber du musst den Rest tun, um deinen Teil der Abmachung einzuhalten."

„Ich schaffe das schon. Gib schon her. Ich unterschreibe", sagt der Gorgon nun eifrig.

Normalerweise kichere ich an dieser Stelle, weil ich weiß, dass diese neue Seele innerhalb einer Woche in der Hölle landen wird, aber dieses Mal verschafft mir der Deal überhaupt keine Genugtuung. Der Gorgon unterschreibt und bekommt seinen (kurzlebigen) Wunsch erfüllt, und ich schicke ihn mit einem Fingerschnippen zurück nach oben.

Der nächste „Kunde" steht dann vor mir, ein Mann mittleren Alters mit langen, fettigen Haaren und einem allgemein ungepflegten Aussehen. Er zittert und bibbert mit den Anzeichen von Drogenmissbrauch und wirkt eher verzweifelt als gierig. Wenigstens ist er eine leicht zu ertragende Seele, wenn auch eine schwache.

Eigentlich sollte ich mich über den Untergang dieser erbärmlichen Kreatur freuen, aber seit Penelope aufgetaucht ist, sind die Dinge, die mich fasziniert haben und an denen ich gerne teilgenommen habe, nicht mehr dieselben. Situationen, die mich amüsiert und zum Lachen gebracht haben, bereiten mir nicht mehr dieselbe Freude.

Vielleicht muss ich eine Pause von meiner neuen Frau einlegen?

Ich reibe mir über die Brust und verwerfe den Gedanken sofort wieder. Allein der Gedanke lässt mein Herz schmerzen. Nein, das kommt nicht in Frage. Mein Bedürfnis, Penelope in meiner Nähe zu haben, ist der einzige Grund, warum ich sie in der Hölle behalten habe. Und ja, ich bin ein egoistischer Mistkerl. *Ich bin ein Dämon, schon vergessen?*

Und ich weiß, dass es gefährlich ist, Penelope hier unten zu halten, denn wenn einer der anderen Dämonen herausfindet, wie schön, sinnlich und hingebungsvoll sie ist, werden sie ihr Bestes tun, um sie mir zu entreißen. Die werden alles tun, was nötig ist, um mir meine Macht *und* meine Braut zu entreißen.

Bei dem Gedanken daran klammere ich mich an meinen Thron und verstehe schnell dabei, dass ich ihn zerbreche, wenn ich meine Kraft nicht zügeln

Dad Bod Dämon

kann. Aber es ist schwer, wenn ich nur an meine Frau, ihren kurvenreichen kleinen Körper und ihre weiche, zarte Haut denken kann. Wie sie sich vor Verlangen rötet, wenn ich Knutschflecken und Küsse auf ihrem Körper hinterlasse. Wie ich sie verletzen kann, wenn ich sie ein bisschen zu fest anpacke...

Penelopes Stöhnen dringt an meine Ohren, während ich mich bemühe, dem erbärmlichen Menschen vor mir zuzuhören. Ich merke, dass ich viel zu lange brauche, um seine Unterschrift zu bekommen und dass meine Arbeit langsam vorangeht. Seit ich vor einem Monat zum ersten Mal in Penelope versunken bin, geht all das nur langsam voran, obwohl mir das Rendezvous mit meiner herrlich unersättlichen Frau gestern Nachmittag einen vorübergehenden Schub gab und ich die Seelen am Abend verdoppelte, als ich in meine Kammer zurückkehrte.

Ich muss mich zusammenreißen! Es ist peinlich, dass eine Kreatur der Hölle, Luzifers Bester, von einem Menschen in meinem Bett besiegt wird.

Eine unglaubliche Frau mit sanften braunen Augen, die aufleuchten, wenn sie mich sieht.

Penelope wartet auf mich...

Mir läuft das Wasser im Mund zusammen und mein Körper reagiert auf jeden Gedanken an sie.

Hastig schiebe ich den Vertrag vor das Gesicht des Menschen und rufe: „Unterschreibe!"

Er sieht mich einige Sekunden lang an und wird aufgrund meines plötzlichen Temperaments fast nüchtern. Ich beruhige mich also und erinnere ihn in einem beschwichtigenden Ton daran, was er will. Hauptsächlich Reichtum, wie sie es alle tun. Und schließlich tut er, was er tun sollte, und unterschreibt mit seinem Blut auf der gepunkteten Linie.

Meine Gedanken wenden sich sofort von meinen Problemen ab, als das Bild meiner Braut, die an die Wand gepresst wird, während ich sie von hinten nehme, in meinen Kopf eindringt. Unsere Verbindung ist so stark, dass mein Schwanz in der Sekunde, in der sie den Gedanken ausspricht, zum Leben erwacht, prall und heiß...

Ich schnippe mit den Fingern und bevor ich blinzeln kann, bin ich in unserem Schlafzimmer. Nun beobachte ich, wie Penelope ihr schwarzes Spitzennachthemd anhebt, ihren Körper zur Wand gebeugt, den Kopf zur Seite gedreht. Der durchsichtige Stoff geht hoch und enthüllt die prallen Kurven ihres nackten Hinterns.

Ich schleiche auf Penelope zu und lege meine Hände auf ihre Hüften. „Begierig auf mich, Kleines?"

„Ich brauche dich so sehr", flüstert Penelope und reibt ihren saftigen Hintern an meinem bedürftigen Schwanz, während ich sie an die Wand drücke.

„Ich bin immer so verdammt heiß auf dich, Frau. Ich kann gar nicht genug von dieser engen kleinen Möse bekommen", knurre ich und fasse Penelope zwischen die Beine. „Jetzt zieh das Kleid aus, bevor ich es dir vom Leib reiße", befehle ich und fahre mit meinen Krallen von ihrem Nacken bis zu ihrem Rückgrat. „Ich will dich zu sehr, um zu warten..."

Penelope streift sich die Träger von den Schultern und das Nachthemd fällt auf den Boden. Während ich eine Hand auf ihrer Muschi halte, knete ich mit der anderen ihre schwere Brust und streichle ihre Brustwarze.

„Mammon, bitte...", keucht sie und greift hinter sich nach meinem Schwanz in der Hose.

Ich lasse Penelope kurz los, reiße den Knopf meiner Hose auf, öffne den Reißverschluss und ziehe meinen bebenden Schwanz heraus. Dann packe ich Penelopes Hüften, hebe meine Frau hoch, richte meinen Schwanz auf und stoße mit einem brutalen Stoß in sie.

„Jaaaa! Mammon, ja!" schreit Penelope, bevor ich in

ihr zum Höhepunkt komme und meine Stacheln ihre Lust noch steigern.

Ich lasse Penelope auf meinem Schwanz hüpfen und innerhalb weniger Minuten explodiert sie um mich, ehe ich mich in ihr ergieße.

Ich weiß ja, ich sollte immer noch auf meinem Thron sitzen und Seelen für Luzifer sammeln, aber das kann warten, denn mein Schwanz wird schon wieder hart. Und Penelope braucht mich genauso sehr wie ich sie brauche. Ob sie müde ist oder nicht, ob sie ihre Pflichten erfüllen muss oder nicht, dieses Bedürfnis steht jetzt an erster Stelle. Konsequenzen hin oder her...

Am folgenden Morgen stehe ich bereits früh auf und lasse Penelope in unserem Bett weiterschlafen. Ich möchte bei Penelope bleiben und ihren Duft einatmen, aber ich weiß, dass ich meine Pflichten nicht länger vernachlässigen kann. Ich gehe also in meine Kammer und mache mich an die Arbeit.

Ich habe gerade zehn Seelen für meinen Meister geerntet, als sich mir die Nackenhaare aufstellen und ich ein vertrautes Kichern höre.

"Luzifer", sage ich und versuche, ruhig zu bleiben. Natürlich hat er meinen Ausrutscher bemerkt und ist hier, um mich zu bestrafen. Aber ein paar Tage sollten nicht Jahrhunderte des Erfolgs auslöschen können. "Was verschafft mir noch mal das Vergnügen?"

Er hält sich eine saftige Weintraube an den Mund und lässt den Nektar an seinem Kinn herunterlaufen. "Oh, ich versichere dir, das Vergnügen ist mein. Nicht, dass mich die Seelen, die du heute entführst, besonders erfreuen würden..."

Ich bekomme das Gefühl, dass ich schrumpfe, als seine intensiven Augen meine treffen.

"Ich dachte, du könntest heute ein wenig Aufsicht gebrauchen", fährt er fort.

"Ich denke, meine Erfolgsbilanz zeigt, dass ich keinen Babysitter brauche." Luzifer gleitet zu mir herüber und lässt sich halb auf den linken Teil meines Throns gleiten. Der Saft seiner Weintrauben tropft an seinem Bein herunter und teilweise auf mich. Ich schaue ihn verächtlich an, aber er ignoriert mich.

"Irgendetwas sagt mir, dass es heute ein bisschen anders ist. Ich hatte gerade Besuch von einem gewissen Neiddämon, und der ist sehr interessiert an deinem kleinen Gast."

Ich spanne mich an, zwinge meinen Körper aber sofort, sich zu entspannen. *Bleib cool, Mammon. Lass ihn nicht sehen, wie viel Penelope dir bedeutet.* Ich würde schwach wirken und könnte mich von meinen Privilegien verabschieden.

„Vergiss nicht, dass du mir geholfen hast, das Geschäft abzuschließen", erinnere ich ihn und schiebe es auf ihn zurück. "Ich genieße nur die Früchte meiner Arbeit. Wenn du jetzt Seelen willst, muss ich meine Arbeit fortsetzen."

Das Grinsen, das Luzifer mir zugesteht, gefällt mir nicht. „Ich stimme dir von ganzem Herzen zu, Mammon. Deshalb bin ich auch hier. Um zu sehen, wie du deine Arbeit machst... Es ist schon zu lange her, dass ich dich in Aktion gesehen habe!

Bei dem Gedanken daran muss ich innerlich stöhnen, aber ich wusste, dass ich ihn nicht loswerden würde können. Ich muss mich irgendwie konzentrieren und Penelope für den Moment vergessen. Sicherlich wird sie mir verzeihen und mir fallen viele Möglichkeiten ein, es wieder gut zu machen...

Dad Bod Dämon

„Fein, ich glaube, wir haben hier erst einmal genug getan." Luzifer steht auf und ich unterdrücke den Drang, etwas zu sagen, das mich in Schwierigkeiten bringen könnte.

Ich habe schon so viele Deals gemacht, dass ich nicht mehr zählen kann. Als Dämon leide ich normalerweise nicht an Erschöpfung, aber mental bin ich am Ende. Ich will nur noch nach Hause zu meiner Frau. Penelope macht sich bestimmt Sorgen, weil sie allein im Haus ist. Sie hasst es, wenn ich sie zu lange allein lasse.

Ich lasse zu, dass die Gedanken an Penelope zurückkehren, denn ich spüre ihr Bedürfnis - nicht nur ein körperliches, sondern den Wunsch nach meiner Gesellschaft.

Ich sehne mich nach ihr. Ich sehne mich danach, sie in meine Arme zu schließen, aber Luzifer ist noch nicht weg.

„Wenn wir hier fertig sind..."

Luzifer hebt seine Hand so schnell, dass sie eine Rauchfahne hinterlässt und seine Gestalt verwischt. „Ja, wir sind für heute fertig, Mammon. Das hast du gut gemacht."

Sein Mund verzieht sich zu einem bösen Grinsen, und ich halte mich zurück. „Aber dein Verhalten macht mich neugierig. Ich möchte deine kleine Ablenkung kennenlernen. Immerhin wird sie viel Zeit hier unten verbringen. Es ist fast so, als ob sie zu mir gehören würde."

Ich unterdrücke die Wut, die in mir aufsteigt und will ihm sagen, dass sie nicht sein Dämon ist, nicht seine Seele, nicht irgendetwas von ihm. Stattdessen räuspere ich meine dicke, raue Kehle und sage: „Sie ist meine Frau und ein Mensch. Du wirst ihr Angst machen außerdem hast du uns beobachtet. Du weißt, wie sie aussieht."

Ich versuche, mein Revier zu markieren, ohne einen Krieg mit dem gefallenen Engel zu beginnen, aber das kostet mich jede Menge Kraft. Ich gebe es nur ungern zu, aber an Luzifers Bedenken ist etwas Wahres dran. Penelope verwandelt mich völlig, aber nachdem ich so lange in seinem Dienst gestanden habe, denke ich, dass ich ein paar Ausrutscher verdient habe, etwas Spielraum...

„Nun, eine gesunde Angst vor dem Teufel ist immer ein guter Motivator. Und ich will sie treffen, nicht nur sehen... Wir mögen zwar dunkle Geschöpfe sein, aber das heißt nicht, dass wir nicht erkennen, dass hinter der Oberfläche Schönheit liegt.

„Genauso wie Abscheulichkeit", füge ich mit zusammengebissenen Zähnen hinzu. Er lächelt nur. „Du akzeptierst kein Nein als Antwort, oder?"

Er schüttelt den Kopf. „Du kannst zum Haus kommen, aber heute nicht. Nicht so unangekündigt."

„Natürlich." Er sieht schockiert aus, als wäre er selbst in seinem unsterblichen Leben noch nie etwas anderes als höflich gewesen.

Ich verdrehe die Augen und kann meine Verachtung nicht verbergen, jetzt, wo ich eigentlich nicht mehr im Dienst bin. Er macht es mir so schwer, und das weiß er auch, also kann er ein bisschen Hass vertragen, der ihm entgegenschlägt. Was er tut, ist Strafe genug!

Ich schnippe mit den Fingern und wir erscheinen auf dem Rasen meiner Villa. Ich habe mir hier einen so schönen Rückzugsort geschaffen, dass sogar Penelope es erträgt, eine Zeit lang von ihrer Welt und dem Licht getrennt zu sein. Die Natur vermischt sich mit dem Übernatürlichen und schafft eine gespenstisch schöne Landschaft, die das Wesen ihres dämonischen Meisters widerspiegelt.

Verdrehte Bäume, Wasserspeier-Wächterstatuen und schattige Wege kreieren einen Ort, an dem Dunkelheit und Zauberei aufeinandertreffen. Ein kleiner, mondbeschienener Teich spiegelt den Sternenhimmel über ihm wider. Dessen Oberfläche erstrahlt sanft mit einer unnatürlichen Brise. Die schwarzen Rosen, die in der Nähe blühen, sind mein ganzer Stolz. Ihre Blütenblätter sind samtig und tief wie die schwärzeste Nacht, ihr Duft ist verführerisch und eindringlich.

Aber da ist Luzifer, der die schöne dunkle Landschaft mit seinem Schwefelgeruch versaut und seinen Geruch überall verbreitet wie ein Hund, der in das Revier eines anderen pisst.

Penelope muss meine Anwesenheit spüren, denn sie öffnet die Tür, bevor ich klopfen oder rufen kann, nur um dann wieder in die Tiefen des Hauses zurückzuweichen.

Ich möchte mich ohrfeigen, als ich ins Haus greife und sie vor den Augen Luzifers herausziehe. Meine Frau trägt ein langes, dunkles Kleid. Eines der bescheideneren, die ich ihr geschenkt habe, Gott sei Dank... Aber sie sieht aus wie ein elegantes Gespenst, ihre Augen sind groß wie von einem Reh im Scheinwerferlicht.

„Es tut mir leid, dass ich unangekündigt einen Gast mitbringe, Penelope, aber Luzifer hat darauf bestanden, dich formell zu treffen." Ich zeige auf meinen Chef, der sich verbeugt.

Luzifer reicht derweil seine krallenbewehrte Hand zum Schütteln. „Es ist mir eine große Freude, dich kennenzulernen. Es kommt nicht allzu oft vor, dass Menschen hier unten einen festen Wohnsitz haben oder dass sie einen meiner Top-Dämonen heiraten."

Ich gebe Penelope ein Nicken mit hinüber, sie schluckt und tritt vor. Meine Brust schwillt vor Stolz an, als sie sich ihm mit der ausgestreckten Hand zuwendet. Er ergreift sie und küsst sie, und obwohl ich sehe, wie ein unangenehmer Schauer über ihren Rücken läuft und sie einen Schritt zurückgeht, zeigt sie weder ihren Ekel noch schaut sie erschrocken weg. Das ist nicht weniger, als ich von meiner mutigen Frau erwartet hatte.

„Mutiger, als ich dachte", kommentiert Luzifer und mustert sie von oben bis unten, als würde er ein Exemplar studieren. „Nun, ich will euch nicht aufhalten. Ich wollte dich nur persönlich sehen und dich wissen lassen, dass ich deinen Mann heute etwas länger auf seinem Thron behalten habe. Ich brauchte ein paar zusätzliche Seelen."

Mit einem bösen Kichern und einem Zwinkern mit seinem feurigen linken Auge verschwindet er und lässt einen Schwarm schwarzer Schmetterlinge zurück. Diese Schmetterlinge flattern jedoch nicht anmutig davon wie gewöhnliche Insekten. Stattdessen führen sie einen komischen Synchrontanz auf, bei dem sie sich in der Luft drehen und Pirouetten drehen, als ob sie eine skurrile Show abziehen würden.

Penelope schaut erstaunt zu, mit einer Mischung aus Belustigung und Verwirrung. Die Schmetterlinge vollführen Drehungen und Schleifen, und ihre winzigen Flügel sorgen für ein faszinierendes Bewegungsspiel vor der Kulisse des dunklen Gartens. Gerade als Penelope glaubt, dass das Spektakel nicht mehr seltsamer werden kann, verwandeln sich die Schmetterlinge plötzlich in dunkle Rauchschwaden und verschwinden in einem Anflug von skurriler Absurdität. Es ist, als ob sie einen letzten Streich spielen würden, bevor sie in der Nacht verschwinden. Mit einem verwirrten Lächeln wendet sich Penelope von der Stelle ab, an der Luzifer eben noch stand.

„Ist das gerade echt passiert?"

Ich seufze. "Ja... Luzifer ist ein bisschen exzentrisch. Komm, wir bringen dich rein. Du hast mir gefehlt", sage ich Penelope, ohne weiter darüber zu reden. Sie scheint damit einverstanden zu sein und hält meine Hand fest, während sie mir ins Haus folgt. Wir schließen die Tür und schließen damit Luzifer und jede Erinnerung an ihn mit aus.

Dad Bod Dämon

Penelope lächelt mich an, ihre schönen braunen Augen verdunkeln sich vor Verlangen. „Du hast gesagt, dass du mich vermisst hast? Ich habe dich auch vermisst."

Ich weiß, was sie will, denn das ist es auch, was ich will. Das tue ich immer, wenn ich in der Nähe meiner Frau bin.

Lächelnd lasse ich meine Lippen auf den Mund meiner Gattin fallen...

Kapitel 9
Penelope

Zwei Monate später

„Ich kann gar nicht glauben, dass wir für eine ganze Woche nach oben gehen." Ich seufze, mein Körper ist entspannt von dem Vergnügen, das Mammon mir gerade bereitet hat. „Ich kann für eine Weile Luft atmen, die nicht vom Rauch verpestet ist..."

„Und du kannst wieder in der Sonne sitzen", antwortet Mammon und fährt mit seinen Fingern durch mein Haar. „Du bist wunderschön im Pool draußen, wenn du nackt herumschwimmst, aber bei klarem Tageslicht? Du wirst mich auf Trab halten...

Ich kann es spüren! Ich kuschle mich enger an ihn und lege mein Kinn auf seine Brustmuskeln. Ich liebe es, wie groß und stark er ist, als könnte er mich vor der Welt und meinem Vater beschützen. Ich schniefe ein wenig bei dem Gedanken an den Mann, den ich einst verehrte, und wende mich von Mammon ab.

„Hey, was ist los?", fragt Mammon und kommt auf mich zu. Ich höre die Besorgnis in seiner Stimme und schäme mich. „Nichts, ich denke nur über die da oben nach." Ich wische mir über Augen und Nase und lächle meinen Mann an. „Meine Mutter hatte Recht. All die Jahre dachte ich, sie wäre eifersüchtig auf mich, dass sie es hasste, wie viel Aufmerksamkeit mein Vater mir schenkte, und sie hatte recht. Er hat mich überhaupt nicht geliebt, oder?"

Ich schaue in Mammons Gesicht, aber ich sehe nicht, wie sich das Wort „Nein" auf seinen Lippen bildet. Stattdessen seufzt er und streicht mir mit seiner langen Kralle über das Gesicht.

„Penelope, du bist wertvoller als Gold oder Diamanten. Dein Vater war ein dummer Mann, aber er hat dich zu mir gebracht, also kann ich ihn dafür nicht hassen. Aber ich hasse ihn dafür, wie er dich verletzt hat und dich an dir selbst zweifeln ließ."

„Es geht nicht nur um mich. Es geht um alles, was ich zu wissen glaubte. Ich meine, ich war mitschuldig an der Grausamkeit meines Vaters gegenüber meiner Mutter. Ich habe nie an seinem Wort gezweifelt, nur an ihrem. Ich hasste es, wenn er sie wegsperrte, wenn sie darüber schimpfte, was für ein schlechter Mensch er sei, aber ich habe nie versucht, ihn aufzuhalten, weil ich dachte, dass er es aus Liebe zu mir tat. Er sagte mir, dass sie eifersüchtig war, dass ich seine Welt ausfüllte, nachdem sie mich hatte und keine Zeit mehr für sie blieb, und dass sie das irre und wütend machte. Aber die ganze Zeit über hatte sie recht. Er war das Monster. Nicht sie."

„Dafür kannst du dir nicht die Schuld geben, Penelope. Du wurdest so erzogen und hattest nichts, womit du dein Leben vergleichen konntest. Ja, ich weiß, dass du manchmal fernsehen durftest, aber auch das ist alles nur Schein", erklärt Mammon und hält seine Hand hoch, als ich protestieren will. „Dir wurde kein Leben geschenkt, meine liebe Penny. Du wurdest dazu erzogen, zu glauben, was er sagte. Du solltest stolz darauf sein, dass du ihn jetzt als das siehst, was er ist."

„Ich bin mir nicht sicher, ob das etwas ist, worauf man stolz sein kann", erwidere ich und kuschle mich wieder in seine Arme, weil ich immer noch zu wild nach ihm bin, um ihn zu lange nicht zu berühren.

Dad Bod Dämon

„Unwissenheit ist nicht immer eine Entschuldigung."

Mammon seufzt und lässt mich über seine Brust krabbeln, während er sich auf den Rücken rollt. „Du musst aufhören, dich selbst fertig zu machen, Pen. Du kannst dich nicht so selbst bestrafen. Das werde ich nicht zulassen.

„Ich schmiege mich an ihn, mein Gesicht in seiner Halsbeuge verborgen. „Vielleicht glaube ich dir eines Tages, aber ich wünschte, ich könnte meiner Mutter sagen, dass es mir leid tut", murmle ich, fahre mit der Hand durch sein dichtes Ebenholzhaar und streichle seine Hörner.

„Hat sie sich jemals dafür entschuldigt, dass sie dich in diese Situation gebracht hat? Du warst ein Kind, Penelope. Bitte hör auf, dich selbst fertigzumachen."

Ich schließe meine Augen und lasse mich von seinen Worten und seiner beruhigenden Berührung in den Schlaf wiegen. Er hat ja Recht. Und morgen, wenn er mit seinen Geschäften fertig ist, werde ich wieder das Sonnenlicht erblicken, echtes Sonnenlicht! Das wird meine Welt nicht völlig verbessern, aber es wird ein guter Anfang sein.

Violet Rae

Beim Aufwachen fühlt sich irgendetwas komisch an. Ich taste das Bett neben mir ab und stelle fest, dass Mammon nicht da ist. Ich setze mich auf und schaue mich um, bis ich einen Zettel auf seinem Kopfkissen finde...

Penelope,

Ich bringe den Tag schnell hinter mich, damit ich dich ein bisschen früher als geplant nach „Oben" bringen kann. Du hast es verdient, nachdem du so geduldig und hilfsbereit warst.

Dein Mammon.

Lächelnd frage ich mich, wie ich so viel Glück mit diesem seltsamen Arrangement haben konnte.

Mein Vater hat ein abscheuliches Geschäft gemacht und mich in einer inakzeptablen Weise behandelt. Er hat jeden in seinem Leben verletzt, der ihn lieben konnte, um zu Reichtum und Macht zu gelangen, aber ich fange an zu glauben, dass ich das bessere Geschäft gemacht habe. Ich habe Mammon bekommen!

Zuerst war ich so verängstigt und verletzt, aber Mammon behandelt mich besser, als ich es mir je hätte vorstellen können. Er macht meine Zeit in der Hölle erträglich. Und er schenkt mir all das Vergnügen, das ich mir nur wünschen kann. *Wer hätte gedacht, dass diese einst behütete Prinzessin so dunkle Wünsche im Schlafzimmer bekommen würde?*

Mein Körper erhitzt sich bei dem Gedanken, und meine Hand gleitet zu meinem Inneren. Gerade will ich es wagen, mich bei dem Gedanken an meinen sexy Ehemann zu berühren, als ich etwas höre...

Ich halte inne und lausche. *Was könnte das sein?*

Ich soll das Haus nicht verlassen, aber als ich genauer hinhöre, erkenne ich Mammons Stimme. Er ruft nach mir!

Und so springe ich auf und renne die Treppe hinunter, weil ich mich frage, ob etwas passiert ist. Ich weiß, dass er und Luzifer in letzter Zeit ein angespanntes Verhältnis hatten, und ich bin zum Teil daran schuld. Nicht, dass ich seinem furchtbaren Chef nicht eine Standpauke halten möchte. Ist doch klar, dass Luzifer ein Sklaventreiber ist!

Dass Mammon sich so aufregt, weil Luzifer gedroht hat, hat mir Sorgen gemacht. Mammon hat sich geweigert, mir etwas zu erzählen...

Ich gehe zur Haustür und drücke mein Ohr an die Tür, um sicher zu sein, was ich gehört habe.

„Penelope, meine Königin."

Ja, das muss er sein. Ich öffne die Tür und spähe hinaus, um die Quelle seiner Stimme zu lokalisieren. Doch... Ich sehe niemanden.

„Mammon?" rufe ich und mache ein paar zaghafte Schritte nach draußen.

In dem Moment steigt mir ein rauchiger Geruch in die Nase. Luzifer steht vor mir, die Zähne in einem zufriedenen Grinsen gefletscht. Er sieht anders aus als vorhin, er sieht in seiner Engelsgestalt schmerzhaft gut aus. Ich weiß, dass es eine Illusion ist, aber ich kann nicht umhin, seine himmlische Schönheit zu bewundern. Aber er stinkt immer noch...

„Ich fürchte, es bin nur ich", sagt er und hebt mich hoch, während ich an seinen schwefelhaltigen Dämpfen ersticke. Wenigstens muss ich ihm zugute halten, dass er mit seinen Krallen vorsichtig ist.

„Ich hätte wissen müssen, dass es ein Trick ist! Lass mich runter!" schreie ich, als meine Umgebung bereits verschwimmt. Ein heftiges Ziehen in meinem Magen verrät mir, dass er mich gerade woanders hinbringt, als sich ein weiteres Anwesen materialisiert - ein nachtschwarzes Schloss mit einem Gelände, das sich ausdehnt, so weit das Auge reicht. Es dehnt sich ins Nichts aus und alle paar Augenblicke ertönen Schreie in der Luft.

„Wie du willst, Mensch", sagt Luzifer und lässt mich praktisch auf den Hintern fallen.

„Was machst du da? Was soll das alles?" zische ich, stehe auf und bürste mich ab. „Du weißt, dass Mammon deswegen wütend auf dich sein wird."

Luzifer winkt abweisend mit der Hand ab. „So naiv kannst du nicht sein. Ich bin der Herr von Mammon. Ich bin der König der Hölle."

Ich bleibe stehen, entsetzt über die Wendung der Ereignisse. Normalerweise würde ich mich zurückziehen, aber er hat mich wütend gemacht. Das könnte unsere Pläne, nach oben zu gehen, zunichte machen... „Und du brauchst ihn so sehr wie er dich braucht. Soweit ich das beurteilen kann, seid ihr gleichberechtigter, als du denkst."

„Du bist ein ziemlich besonderes Exemplar... Pauline, nicht wahr?"

Er wechselt in seine körperlose Form und tanzt um mich herum. Ich weiß nicht, ob ich ihn lieber fest oder so mag. Ich könnte ihn wenigstens schlagen und glauben, dass es weh tun würde, wenn er materialisiert wäre.

Ich werfe ihm einen finsteren Blick zu, als er wieder zu mir nach vorne hüpft. „Penelope", sagt er mit ruhiger Stimme, als hätte er es mit einer launischen Fünfjährigen zu tun.

„Was willst du von mir? Ich bin Mammons Frau, und ich werde mit niemandem sonst tauschen."

Er lacht bloß. „Wenn ich wollte, dass du meine Braut wärst, wärst du es bereits. Ich würde deinen Verstand brechen und dich darauf trainieren, um mein zu sein."

Er kommt an mein Gesicht und lässt seine rauchige Hand wieder fest werden, ehe er über meine Wange streicht.

„Ich versichere dir, darum geht es hier nicht. Sieh es als Beweis für einen anderen Punkt. Und als eine Warnung. Eine, die Mammon offensichtlich braucht, denn er scheint bereit zu sein, sich zu verabschieden. Ich kann es spüren... Er will zu dir zurückkehren und dich..." Luzifer zeigt nach oben.

„Du hast ihm immer erlaubt, nach oben zu gehen. Was ist jetzt so anders?"

Luzifers Gesichtsausdruck wird bedrohlich. Er spielt nicht mehr, und die Bosheit in seinen purpurroten Augen erschüttert mich bis ins Mark. „Du bist es, die so anders ist, Pamela. Er hat Feinde, und du bist seine Schwäche. Ich mag Mammon, so wie ich jeden mag, also beschütze ich ihn vor diesen Feinden, erhalte seine Kräfte und gebe ihm einen sicheren Ort. Du bist jetzt ein Teil dieses Schutzes, aber du bist auch mein Köder, besonders wenn er abrutscht. Er braucht einen Weckruf..."

Ich schüttle den Kopf, weil ich es nicht glauben will. Mammon hat mich vor den Gefahren für mich gewarnt, aber ich habe nie darüber nachgedacht, wie ich es für ihn noch schlimmer machen würde.

Wie Luzifer sagte, bin ich seine Schwäche, aber ich bin es leid, schwach zu sein. Ich neige mein Kinn und schaue dem Teufel in die Augen. „Wir gehen dennoch nach oben. Und wenn ich hier noch eine Weile bleiben soll, brauche ich etwas zu essen und einen Platz zum Sitzen."

In Luzifers Augen brodelt die Wut, und seine Lippen verziehen sich zu einem Knurren, das messerscharfe Zähne zeigt. Er stolziert auf mich zu.

„Sieh an, sieh an, die kleine Patricia scheint ihre Krallen zu haben."

„Das heißt nicht Patricia, das..."

„Penelope!" Die Stimme meines Mannes dröhnt hinter mir. Ich verschränke die Arme und lächle Luzifer süffisant an. Er sagt nichts, also rufe ich laut. „Ich bin hier und es geht mir gut, Mammon!"

Der taucht vor mir auf, greift nach mir und prüft jeden Zentimeter meines Körpers, um sicherzugehen, dass ich unversehrt bin. Während er sich an mich klammert, wendet er sich an Luzifer. „Du hast sie angefasst. Du hast sie entführt!"

„Ja, und jetzt hat sich mein Verdacht bestätigt."

Mammons Augen verengen sich. „Welcher Verdacht?" Du sorgst dich um diesen Menschen", sagt er, als ob ihn der Gedanke anwidert. „Du musst vorsichtig sein, Mammon. Du vernachlässigst deine Pflichten und begibst dich auf einen sehr gefährlichen Weg."

„Ich bin dein Diener, Luzifer. Ich habe dich noch nie im Stich gelassen. Wenn du mehr Seelen willst, gut. Ich werde meine tägliche Ausbeute verdoppeln, aber erst, wenn wir aus dem Oben zurückkehren. Meine Frau braucht Sonnenlicht und frische Luft, wenn sie hier unten überleben soll."

Luzifer knurrt, winkt aber ab. „Das ist deine letzte Warnung. Enttäusche mich nicht noch einmal, oder du wirst nicht mehr in den Genuss meines Schutzes kommen. Und jetzt verzieht euch, ihr beiden!" Luzifer dreht sich um und verschwindet in einem Lichtblitz...

Dad Bod Dämon

Ich aber konzentriere mich auf meinen Dämon, der mich packt, mit den Fingern schnippt und uns nach Hause bringt.

Am zweiten Tag unserer Reise nach „Oben" fällt mir etwas auf. Wenn Mammon nachts ins Haus geht, kribbelt es in meiner Wirbelsäule! Zuerst verdrängte ich es, aber in der zweiten Nacht, als er wegging, um eine weitere Flasche Wein zu holen, kehrte das Gefühl mit voller Wucht zurück.

Ich schaue mich im Poolbereich und darüber hinaus um und lehne mich auf einer Liege zurück. Die Poolbeleuchtung erhellt den Bereich. Jemand beobachtet mich, und ich fühle mich... so schmutzig. Ich ziehe das Handtuch vom Tisch neben mir und lege es über meinen Bikini. Durch das Handtuch fühle ich mich zwar nicht geschützter, aber wenigstens bin ich weniger entblößt.

„Was ist los?" fragt Mammon, als er durch die Glasschiebetür tritt, eine entkorkte Flasche in der Hand haltend. Ein Blick und er weiß, dass etwas nicht stimmt.

„Wahrscheinlich sind es meine Nerven, aber wenn du ins Haus gehst, habe ich das Gefühl, beobachtet zu werden", sage ich und lache nervös über meine übersteigerte Fantasie. „Wahrscheinlich ist es nichts."

Mammon ist sofort in Alarmbereitschaft. „Du hast eine gute Intuition. Gib mir eine Sekunde", sagt er und verschwindet im Handumdrehen, bevor er wieder auftaucht. „Ich habe meinen Sicherheitsdienst angewiesen, die Wachen rund um das Haus zu verstärken."

„Danke", sage ich und komme mir dumm vor, weil ich Mammon mit meinen Sorgen belästigt habe. „Wahrscheinlich liegt es an mir, ich gewöhne mich immer noch an dieses neue Leben."

„Nein. Du musst dich vor solchen Dingen in Acht nehmen, Pen. Ich habe Feinde, die dich mir gerne wegnehmen würden, nicht dass ich das jemals zulassen würde, das verspreche ich." Mammon beugt sich hinunter und küsst mich, bevor er sich auf die Liege neben mir setzt. „Ich werde jeden töten, der versucht, dir etwas anzutun, und ihn bis in alle Ewigkeit foltern lassen."

Lächelnd ergreife ich seine Hand. „Du weißt wirklich, wie man ein Mädchen bezirzt", necke ich ihn.

Natürlich weiß ich ja, dass er mich nur beruhigen will, aber seine Überzeugung und Wildheit machen mir ein wenig Angst. Es erinnert mich daran, dass er ein Dämon ist und für jede andere Frau der schlimmste Albtraum wäre. Aber nicht meiner, denn ich liebe meinen Mann. Und nichts kann mir etwas anhaben, solange er mich beschützt.

Trotzdem weiß ich auch, dass etwas nicht stimmt. Seit meine Welt auf den Kopf gestellt wurde und ich die Braut eines Dämons geworden bin, habe ich meine Instinkte und meine Intuition in Frage gestellt, aber dieses Unbehagen sitzt tief - das Gefühl der Gefahr ist immer da, wenn Mammon nicht in der Nähe ist.

Mit seinen Fingern spielend werde ich rot, als ich sehe, dass er seine Krallen gefeilt hat. Ich weiß, *warum* er sie gefeilt hat, *warum* er die spitzen Kanten abgerundet hat, und es geht ihm nur darum, mir zu gefallen... Er will jeden Zentimeter seines Körpers nutzen, um mir zu gefallen. Ich erröte noch mehr, als ich seinen Schwanz in der Luft wedeln sehe, als ob er meine Gedanken lesen könnte.

Mammon ist ein talentierter Mann, das muss ich ihm lassen, und ich frage mich, wie er diesen Schwanz auf kreative Weise einsetzen kann. Mein Verlangen steigt schnell an, wie immer, wenn er in der Nähe ist. Das Vergnügen, das er mir bereitet, ist wie eine Droge, nach der ich schnell süchtig geworden bin. Ich hatte Angst vor ihm, als mein Vater mich in diesen Raum zerrte und mich wie Müll wegwarf. Jetzt sehne ich mich nach Mammons Berührung, sehne mich nach dem, was nur er mir geben kann.

„Du denkst wieder an Sex, nicht wahr, Kleines?", fragt mein Mann, der sich plötzlich über mich beugt. „Ich kann deine Erregung riechen. Willst du, dass ich dich hier in der Öffentlichkeit nehme?"

Meine Wirbelsäule kribbelt bei seinen Worten, aber ich schüttle den Kopf, immer noch unruhig. „Ich möchte nicht, dass jemand außer dir mich nackt sieht oder dass du mir hier gibst, was ich brauche."

„Vielleicht ist es das, was sie sehen müssen, Kleine", knurrt er. „Um zu wissen, dass du mir gehörst und nur mir."

Ich liebe seine Besitzergreifung, aber... „Und bist du mein, Mammon?"

„Oh ja, ich gehöre dir, seit ich das erste Mal in deine schönen Augen geschaut habe."

Ich schaue meinen Mann an und lasse seine Worte auf mich wirken. „Bring mich in unser Schlafzimmer, Mammon. Ich brauche kein Publikum. Ich brauche nur dich."

Dad Bod Dämon

Ich schmelze in dem Moment, in dem seine massiven Arme mich umschlingen und seine Lippen meine finden, dahin. Mammon schreitet in unser Schlafzimmer und wirft mich auf das Bett. Dann lässt er mich vergessen, dass es eine Welt außerhalb seiner Blicke gibt.

Kapitel 10
Mammon

Ich lehne mich an das Kopfende unseres Bettes im Obergeschoss und beobachte, wie sich meine Frau anzieht. Ihr magischer Kleiderschrank ermöglicht es ihr, sich nach Lust und Laune umzuziehen. Sie liebt das und sieht immer umwerfend aus. Natürlich ziehe ich sie nackt vor, aber ihr kurvenreicher kleiner Körper sieht in allem, was sie trägt, gut aus.

„Wir gehen wirklich aus?" fragt Penelope aufgeregt und schiebt die blaue Hose über ihre festen Schenkel. Ihr Gesicht strahlt vor Glück, und ich kann nicht anders, als etwas von diesem Glück aufzusaugen.

„Ja, mein Schatz. Wir gehen auf der Hauptstraße einkaufen, um zu sehen, ob es etwas gibt, ohne das du nicht leben kannst, und dann gehe ich heute Abend mit dir in den Zoo und ins Kino." Ich könnte alles herbeizaubern, was ihr Herz begehrt, aber meine Frau muss unter Menschen sein. „Ich weiß, dass du etwas anderes sehen musst als dieses Haus und unseres unten."

Penelope quiekt vor Aufregung, sucht sich schnell eine Bluse aus und knöpft sie zu. Ich mag es, dass sie immer Oberteile mit Knöpfen trägt, die Knopfleiste zu öffnen und ihre saftigen Brüste zu enthüllen. Mein Schwanz wird hart, aber bevor meine Gedanken in diese Richtung abschweifen, stehe ich auf und schlüpfe in Jeans und ein schwarzes T-Shirt.

Ich habe Penelope versprochen, dass wir ausgehen, aber wenn ich ständig daran denke, diese Knöpfe zu öffnen, werden wir es nie aus dem Schlafzimmer schaffen. Sie flechtet sich die Haare und steckt ihre Füße in ein heiße High-Heels... Ja, wir müssen los, bevor ich Penelope ausziehe und sie nur mit diesen Absätzen durchnehme.

Mein Fahrer setzt uns an der Straße ab, die von kleinen Läden und einer Eisdiele gesäumt ist. Penelope macht sich direkt auf den Weg zur Eisdiele und bestellt eine Butter-Pekannuss-Tüte mit Schokoladenglasur. Ich eine Minzschokoladentüte, und schon bald blicken wir in die Schaufenster, die Hände ineinander verschränkt.

Ich beobachte meine Penelope und genieße es, wie ihre Augen aufleuchten, wenn sie ein Baby sieht, das von seiner Mutter in den Armen gehalten wird. Plötzlich wird mir klar, wie viel sie vom Leben verpasst hat. Wie konnte ich all die Jahre nichts fühlen, wo ich doch wusste, dass ihr Vater sie von der Welt abgeschirmt und sie vor allem bewahrt hat, was ihre Reinheit hätte beeinträchtigen können? Als Forest Truman an jenem schicksalhaften Tag mein Zimmer betrat, fand ich es interessant, dass der Mann bereit war, seiner ungeborenen Tochter die Freude an einem erfüllten Leben zu verwehren, um seine gierigen Ziele zu erreichen.

Endlich verstehe ich aber, wie viel Penelope verpasst hat, warum sie sich außerhalb unseres Hauses bewegen muss und warum sie so begierig darauf ist, zu sehen, was die Welt zu bieten hat. Zuerst glaubte ich, es läge daran, dass ich ihr nicht genügte. Der Gedanke, dass sie mehr brauchte als mich, war eine Art Verrat. Aber jetzt sehe ich, dass das überhaupt nicht der Fall ist. Penelope will einfach nur leben.

Penelope war ihr ganzes Leben lang wie ein eingesperrter Vogel und verdient es, diesem Käfig zu entkommen. Ich mache mir Sorgen um meine Feinde, aber meine junge Frau, die nur einen Bruchteil der tiefen, dunklen Zeit erlebt hat, die ich erlebt habe, verdient es, frei zu leben, wenn auch nur ein bisschen.

Denn es ist völlig klar, dass mich die Begegnung mit Penelope, die Tatsache, dass ich jeden Abend zu ihr nach Hause komme, dass ich sie in meinem Bett und in meinem Leben habe und dass ich der Empfänger ihres Lächelns und Lachens bin, verändert hat.

Ich bin in meine Penelope verliebt.

Das einst leere Ding in meiner Brust schlägt jetzt *für sie*.

Diese Erkenntnis ist nicht so beängstigend, wie ich es mir immer vorgestellt habe.

Wir gehen weiter Hand in Hand die Straße hinunter, bevor wir auf die andere Seite wechseln. Penelope geht eine schmale Gasse lang und bleibt vor einem Kinderbekleidungsgeschäft stehen und betrachtet die Babykleidung mit einem Blick, den ich nicht deuten kann.

„Was ist los, Kleines?" frage ich, und meine Sorge wächst, während sie weiter in das Schaufenster schaut.

„Es erinnert mich nur daran, wie ein Kind geliebt werden sollte. Ich habe nie echte Liebe bekommen."

Penelope löst sich von mir und rückt näher an das Fenster heran. „Können wir Kinder haben?"

Ich trete näher heran. „Willst du Kinder?" Ich interessiere mich nicht für Kinderkleidung, nur für Penelope.

„Ja, aber ich will nicht, dass sie so wie ich zum Spielball werden. Und vielleicht würde ich eines Tages gerne mit meiner Mutter sprechen. Sie um Verzeihung bitten, weil ich eine verwöhnte Göre war."

Nun lehnt Penelope sich an mich, und ich spüre den Schmerz in ihrem Herzen.

„Wenn es das ist, was du willst, werde ich es arrangieren, Penelope. Was immer du willst. Du brauchst nur zu fragen", verspreche ich und küsse Penelopes Scheitel. „Ich werde dir alles geben, was dein Herz begehrt."

„Danke", haucht Penelope und schlingt ihren Arm um meine Taille. „Ich weiß, unsere Ehe wurde arrangiert und ist nicht ganz traditionell, aber ich bin so froh, dass du mir gehörst."

„Ich wusste ja nicht, dass ich dich so sehr lieben würde", gebe ich zum ersten Mal zu und neige Penelopes Kinn mit meinem Zeigefinger. „Aber ich liebe dich vollkommen."

Dad Bod Dämon

Penelopes Augen füllen sich mit Tränen, aber es sind Freudentränen, die den Rest der Finsternis wegspülen. „Du liebst mich?"

„Völlig und ohne Vorbehalt", sage ich zum ersten Mal in meinem Leben. *Habe ich jemals zuvor jemanden oder etwas geliebt? Nein, nicht dass ich wüsste.* „Das werde ich immer tun."

Penelope zieht mich in ihre Arme, ihre Lippen lechzen nach meinem Mund. „Ich liebe dich, Mammon."

Penelopes Worte sind nun ein Flüstern an meinen Lippen, und ich lächle.

Meine Gedanken sind nur bei Penelope, deshalb bemerke ich die Warnzeichen nicht. Ich hätte es besser wissen müssen...

Vier Kreaturen umringen uns: ein Ork, ein Werwolf, ein Hexenmeister und ein Zentaur.

Ich erkenne jedoch kein einziges Gesicht und könnte sie nicht mal benennen, aber ich weiß, dass jemand, der mich sehr hasst, sie geschickt hat. Ich seufze. Alles, was ich wollte, war, meiner Penelope einen schönen Tag in der Stadt zu bereiten.

Und jetzt ziehe ich Penelope hinter mir her, das Schaufenster des Bekleidungsgeschäfts im Rücken.

Ich habe die Kraft, diese Feinde zu bekämpfen, aber ich muss vorsichtig sein, um meine Frau nicht zu gefährden.

Sie nähern sich uns, jeder sucht nach der richtigen Gelegenheit, um uns anzugreifen. Wer von ihnen wird zuerst ein Problem darstellen?

Der Werwolf nähert sich an und der Speichel tropft von seinen scharfen Zähnen. Der Ork nähert sich von der anderen Seite und versucht, Penelope zu erreichen.

Penelope gibt ein Wimmern von sich und hält meinen Arm fest umklammert.

Der Werwolf springt jetzt los, der Hexenmeister ist ihm dicht auf den Fersen.

Ich kämpfe mit jener Kraft, die nur ein Dämon besitzt, besonders wenn die Frau, die er liebt, bedroht ist. Ich stoße den Werwolf mit dem Ellbogen und höre das befriedigende Knacken seiner Schnauze, bis ihm das Blut aus dem Gesicht spritzt und er zu Boden stürzt.

Dann drehe ich mich um und schlage meine Faust in den Bauch des Orks. Er überschlägt sich, und ich verpasse ihm einen mächtigen Aufwärtshaken, der ihn die enge Gasse hinauffliegen lässt.

Der Hexenmeister ist der Nächste, den ich an der Kehle packe und in die Luft hebe, bevor ich ihn gegen die gegenüberliegende Wand schleudere. Sein Kopf schlägt mit einem lauten Knall auf das Mauerwerk auf, bevor er regungslos auf den Beton fällt.

Der Zentaur grinst bloß, als er seinen Zug macht. Zentauren sind trickreiche Mistkerle, und mein Herz pocht vor Adrenalin und Angst um meine Frau. Ich bin so sehr auf ihn konzentriert, dass ich eine Sekunde brauche, um zu merken, dass Penelope nicht mehr hinter mir ist.

„Mammon!"

Penelopes Schrei durchdringt die Luft, als sie weggeschleppt wird.

Scheiße, ein fünfter Angreifer! Wie konnte ich den übersehen? Langsam werde ich nachlässig.

Bevor ich Penelope zu Hilfe eilen kann, bäumt sich der Zentaur auf, seine Hufe schlagen nur wenige Zentimeter vor meinem Gesicht auf. Sein Ziel ist offensichtlich - mich abzulenken, während der unbekannte Angreifer mit Penelope abhaut. Aber sie haben meine Liebe zu meiner Frau und meine Entschlossenheit, sie in Sicherheit zu bringen, nicht bedacht.

Der Zentaur bäumt sich wieder auf, doch lässt er seine Mitte ungeschützt. Ich stoße meinen Arm nach vorne, zerschneide seine Brust mit meinen Krallen und schlage mehrere Wunden hinein. Der Zentaur schreit auf, taumelt und stürzt zu Boden.

Jetzt drehe ich mich um und suche sofort nach Penelope, ehe ich tiefer in die Gasse sprinte. Die Fußgänger sind schon lange weg, zweifellos haben sie sich beim ersten Anzeichen von Ärger in Sicherheit gebracht.

„Mammon!"

Ich folge dem Schrei meiner Frau im Laufschritt, biege am Ende der Gasse links ab und stolpere fast über den daliegenden Körper meiner Frau.

Nun erblicke ich ein Gesicht, das im Schatten verschwindet - ein Gesicht, das ich seit vielen Jahren nicht mehr gesehen habe...

Rapha. Der Scheißkerl ist wieder da!

„Penelope!" Ich lasse mich auf die Knie fallen und schließe sie in meine Arme.

„Mir geht es gut", sagt Penelope atemlos.

Die nackte Erleichterung durchströmt mich. Ich drücke Penelope fest an mich, mein Beschützerinstinkt wütet gegen das Arschloch, das es gewagt hat, sie mir wegzunehmen. Ich streiche Penelope die Haare aus dem Gesicht und untersuche sie auf Verletzungen.

„Ich... ich habe ihn abgelenkt... Bin auf seinen Zeh getreten, damit du Zeit hast, zu mir zu kommen."

Ich sehe Penelope ungläubig an. „Du hast Rapha, einen uralten iberischen Vampir mit immenser Kraft, abgelenkt, indem du ihm auf den Zeh getreten bist?"

Penelope neigt ihre großen Augen zu mir. „Sein Name ist Rapha?"

Ich schüttle ungläubig den Kopf, beeindruckt und besorgt über ihren Mut. „Das hast du aus der Sache mit dem uralten iberischen Vampir mit immensen Kräften übernommen?"

Meine Penelope schmollt. „Nun, er hat immer noch den Absatz meines Jimmy Choo in seinem großen Zeh stecken." Penelope hebt ihre Füße an, wackelt mit ihnen, und tatsächlich, einer ihrer Pfennigabsätze ist verschwunden.

Ich starre meine Frau an - meine ahnungslose, unerschrocken mutige Frau. Penelope mag zwar immer noch viele der Gefahren meiner Welt nicht kennen, aber sie ist keine Jungfrau in Nöten. Meine Brust schwillt an mit einer Liebe, die fast zu groß ist, um sie zu ertragen. Meine Penelope hat einen Kern aus Stahl!

Doch nun stehen wir vor einer neuen Bedrohung, dem Wiederauftauchen von Rapha.

Was will er? Meine Stellung? Meine Macht? Hat Luzifer ihn und seine Arschlöcher auf diese Sache angesetzt? In meinem Kopf kreisen die Pläne und Strategien, um Rapha entgegenzutreten und Penelope in Sicherheit zu bringen. Diese unerwartete Begegnung hat alte Feinde und neue Gefahren ans Licht gebracht, aber ich werde meine geliebte Frau um jeden Preis beschützen.

„Wir müssen dich von hier wegbringen", sage ich dringend und checke die schwach beleuchtete Gasse nach weiteren Anzeichen von Gefahr. „Wir müssen nach unten. Es tut mir leid, Penelope. Wir müssen unsere Reise verkürzen."

Penelopes niedergeschlagenen Gesichtsausdruck ertragend, hebe ich sie in meine Arme und stehe auf, meine dämonischen Sinne in höchster Alarmbereitschaft habend.

Dann schnippe ich mit den Fingern, und wir befinden uns im Nu in den geschützten Mauern unserer Villa in der Hölle. Rapha könnte sich einen Weg in die Hölle bahnen, aber er kommt nicht durch die Mauern der Villa. Nichts und niemand kann das, außer Luzifer.

„Wir sind hier sicher, das verspreche ich", sage ich zu Penelope und lasse sie auf den Boden unseres Schlafzimmers sinken.

Penelope wirft mir einen traurigen Blick zu. „Ich hätte nicht gedacht, dass wir in der Öffentlichkeit so angegriffen werden können."

„Das war die einzige Möglichkeit, wie sie mich angreifen konnten. Deshalb bin ich so vorsichtig, was deine Sicherheit in da oben angeht." Ich umarme Penelopes Gesicht und schaue in ihre schönen braunen Augen. „Ich bin zwar stolz auf dich, meine kleine Höllenkatze, dass du deine Jimmy Choo geopfert hast, aber Rapha hätte dir im Nu das Genick brechen oder dir die Kehle herausreißen können. Aber er hat es nicht getan. Und ich glaube, ich weiß auch warum..."

„Warum nicht?"

Ich ziehe Penelope ans Bett und lege meinen Arm um ihre Schultern.

„Ich glaube, der heutige Tag war eine Warnung. Wie Luzifer hat er mich getestet, um zu sehen, was ich tun würde, wenn man dich mir wegnimmt. Er wollte wissen, wie wichtig du für mich bist."

Penelope zieht die Brauen zusammen. „Rapha war es, der mich beobachtete. Luzifer hatte recht. Ich bin deine Schwäche..."

Ich neige Penelope Gesicht zu mir und fixiere sie mit meinem Blick. „Ja, aber du bist auch meine größte Stärke. Wenn du mich eines gelehrt hast, dann, dass wir stärker sind, wenn wir wissen, dass wir auch geliebt werden."

Sie stößt mich mit der Schulter an. „Sieh mal an, wie du in dich gehst", sagt sie neckisch. „Mein Dämonenmann wird auf seine alten Tage weich."

Ein tiefes Knurren ertönt aus meiner Brust. „Wenn du das jemandem erzählst, bin ich gezwungen, dich ans Bett zu fesseln und zu foltern."

„Soll das eine Drohung sein?", schimpft meine Frau, ihre Augen glühen vor Lust.

Während ich den Kopf schüttle, muss ich schmunzeln. „Ich bin ein Dämon, der ein Monster erschaffen hat."

„Erzähl mir mehr von diesem Rapha", sagt Penelope und verschränkt unsere Finger. „Warum will er uns etwas antun?"

Dad Bod Dämon

„Ich habe ihn vor langer Zeit verärgert, als ich die Vampirin, die er liebte, nicht zurückbringen wollte. Vampire haben keine Seelen zum Tauschen, und er hatte mir nichts anderes anzubieten, also habe ich den Handel abgelehnt." Ich seufze und frage mich, ob es die falsche Entscheidung war. *Würde ich jetzt nicht das Gleiche tun?* „Damals wusste ich nicht, wie es ist, zu lieben. Wie man alles tun würde, alles eintauschen würde, um mit einem geliebten Menschen zusammen zu sein."

„Es ist nicht deine Schuld, Mammon. Du bist der Dämon der Gier, nicht der Liebe." Penelope legt ihre Hand auf meine Wange und ihre Liebe leuchtet aus ihren Augen. „Du kannst dir nicht die Schuld für etwas geben, auf das du keinen Einfluss hattest."

„Ich weiß. Es scheint, als wären wir beide schuldig, die Schuld für Umstände zu übernehmen, auf die wir keinen Einfluss haben." Ich ziehe Penelope näher an mich heran, um mich zu vergewissern, dass es ihr gut geht. „Du warst so tapfer, Kleines."

„Nur weil ich wusste, dass du da bist", flüstert sie, als meine Lippen die ihren finden und das Verlangen in mir entfachen.

Ich drücke meine Penelope an mich und lasse sie meine Verzweiflung spüren. Sie antwortet mit einem bedürftigen Stöhnen, was das Feuer meiner Begierde nur noch weiter anfacht. Penelopes unstillbares Verlangen nach mir ist demütigend, ein Verlangen, das ich mit allem erwidere.

„Mammon", sagt Penelope leise, mein Körper wird heiß und kalt zugleich.

Mit einem Fingerschnipsen sind unsere Kleider verschwunden, und es gibt keine Barrieren mehr zwischen uns. Meine Frau saugt mich in sich auf und leckt sich über die Lippen. Mein Schwanz schwillt für sie an und lässt Penelope wissen, dass ich ihr alles geben werde, was sie will. Sie stößt mich auf den Rücken und greift nach meinem Schwanz, Penelopes Augen sind unschuldig flehend, bis sie ihren Kopf neigt, um meinem Blick zu begegnen.

Penelope ist so klein und zart und doch so sinnlich. Ich zwinge die Stacheln meines Schwanzes, flach aufzuliegen, damit ihre Hand mein Fleisch ohne Verletzung umschließen kann. Penelopes zierliche Finger passen kaum um meinen Schaft, che sie beginnt, mich zu massieren.

Penelope spreizt meine Beine und senkt ihren Mund, sodass meine pulsierende Eichel an ihren Lippen aufliegt. Baby, meine Kleine ist so behütet aufgewachsen, aber es ist so heiß, dass sie das für mich tun will...

Dad Bod Dämon

Ich nehme alles, was Penelope mir gibt, aber das ist wie ein Geschenk von einer unbekannten Gottheit?!

Als Penelope einen sanften Kuss auf meine Eichel gibt, erzittere ich. Ihre Zunge fährt heraus, um mehr zu schmecken, und wirbelt dann in schwindelerregenden, lustvollen Bewegungen herum.

„Du bist so groß, so perfekt", seufzt sie vor Lust.

„Perfekt, um dich auszufüllen, meine Liebe", keuche ich.

Als Penelope die Hälfte von mir in ihren Mund nimmt und ein paar Sekunden braucht, um sich auf meine Länge und meinen Umfang einzustellen, zucken meine Hüften. Penelope gibt alles und ich sehe, wie sich Tränen in ihren Augen bilden. Aber meine Frau ist eine Kämpferin, die mit ihrer Zunge um mich tanzt und meinen Dämonenschwanz lutscht, als ob sie in einem Rennen wäre, um das Sperma aus meinen Eiern zu melken.

Meine Hüften pumpen langsam nach oben und mein Schwanz trifft auf die Rückseite ihrer Kehle. Penelope schluckt und nimmt noch einen halben Zentimeter, ich stöhne ihren Namen!

„Gleich, Baby...", ächze ich, mein Verstand ist verschwommen vor Lust. Ich versuche, mich an den

Resten meiner Vernunft festzuhalten, damit ich auch ihr Freude bereiten kann. „Spreize deine Beine, Kleines. Ich werde auch etwas für dich tun..."

Penelope gehorcht mir sofort und öffnet ihre Schenkel, bevor sie ihre Aufmerksamkeit wieder auf meinen prallen Schwanz richtet.

Ich lasse die Spitze über ihren nackten Oberkörper gleiten. Penelope Augen finden meine, fragen nach mehr in ihren mokkafarbenen Tiefen. Ich grinse, begierig darauf, Penelope zu zeigen, wie sehr ich sie mit diesem Teil meines Körpers erfreuen kann. Mein Schwanz gleitet über ihre Brüste und massiert ihre Nippel zu kleinen, harten Spitzen. Es ist faszinierend zu beobachten, wie Penelopes Körper auf meine Berührung reagiert.

Alles an Penelope ist so lebendig.

Ich lasse meinen Schwanz weiter nach unten gleiten, kitzle die Innenseiten ihrer Schenkel, bevor ich ihn über ihre Nässe gleiten lasse. Penelope erschrickt über das ungewohnte Gefühl, aber dann gibt sie sich hin. Ihr Becken bewegt sich nach vorne und bittet mich, den nächsten Schritt zu wagen...

Als ich mein gewandtes Anhängsel in sie gleiten lasse, erbebt sie um meinen Schaft herum und wippt

Dad Bod Dämon

mit ihrem Kopf vor und zurück, während sie mich mit ihrem Mund fickt.

Mein Schwanz findet leicht diese besondere Stelle und gleitet mit einer flüssigen Bewegung darüber. Penelope brummt um meinen Schwanz herum und greift mit einer Hand zwischen ihre Schenkel, um sich selbst zu berühren. Bei diesem Anblick ziehen sich meine Eier wegen meiner bevorstehenden Erlösung zusammen. Ich will mich schon zurückziehen, aber ihr Mund ist wie ein verdammtes Vakuum und saugt das Sperma aus meinen Eiern. Mit einem Gebrüll ergieße ich mich in Penelopes Kehle, und sie nimmt große Schlucke von mir, saugt mich total aus.

Mein Schwanz gleitet aus Penelopes Mund und hinterlässt einen winzigen Tropfen meines Samens. Verdammt, ich komme fast noch einmal, als Penelopes Zunge herausspringt, um ihn aufzulecken. Penelopes Kopf fällt zurück, während sie ihren Körper hebt und auf meinem Schwanz reitet, während ich sie tief ficke. Penelope zittert und schreit bei der Befreiung so stark, dass ich schwöre, dass Luzifer selbst es hören wird. Das ist gut... Es gibt keinen besseren Weg, ihm zu zeigen, dass sie mir gehört!

Fordernd streichle ich durch Penelopes Inneres mit meinem Schwanz, bevor sie von ihrem Hochgefühl herunterkommt. Ein Lächeln umspielt ihren Mund und ihre Augen funkeln, als sie mich ansieht. Meine freche kleine Süße ist noch nicht fertig...

Dann ziehe ich meinen Schwanz sanft aus ihrer feuchten Hitze und befehle: „Auf alle Viere!"

Penelope nickt und zeigt mir ihren Arsch und ihre Muschi. Sie schaut über ihre Schulter zu mir, ihre Augen sind dunkel vor Verlangen. „Halte dich nicht zurück!"

Mein Körper regt sich.

Wie auf Kommando ragen die Stacheln aus meinem Schwanz heraus und ich stoße in ihre wartende Pussy, die noch immer total durchtränkt ist.

Penelope schreit auf und ballt die Fäuste in die Laken, während sie ihr Becken gegen mich drückt und jedem Stoß entgegenkommt. „Oh Mammon, du bist so groß, so tief in mir", schluchzt sie und passt sich dennoch meiner Größe an, während wir eins werden.

Meine Zacken reiben an ihren Muskeln, während ich meinen Rhythmus beschleunige und meine Instinkte die Oberhand gewinnen. Penelopes Möse krampft sich um mich zusammen und sie heult, als sie wieder kommt. Ich folge mit einem erstickten

Dad Bod Dämon

Grunzen und fülle Penelope mit meinem Samen, bis er rausläuft und an ihren Beinen herunterkommt.

Nachdem wir wieder zu Atem gekommen sind und ich uns gesäubert habe, schmiegt sich Penelope an mich, ihre Hand ruht auf meinem Herzen. Mein letzter Gedanke, bevor wir in den Schlaf sinken, ist, dass sich nichts im Himmel oder in der Hölle besser anfühlen könnte als das hier!

Kapitel 11
Penelope

Befriedigt kuschle ich mich an meinen Mann, zufrieden, warm und sicher. Jedes Mal, wenn ich die Augen schließe, sehe ich die Kreaturen, die mich gepackt haben, und wie Rapha mich Mammon fast entrissen hätte. Ich habe mich umgedreht und gesehen, wie ihre Körper um Mammon krachten, während er wild um sich schlug, nicht aus Angst um mich, sondern aus Angst um ihn.

Ich drücke Mammon fester an mich. Ich muss ihn immer wieder berühren, um mich daran zu erinnern, dass er sicher und gesund ist. Schließlich dringt sein leises Schnarchen an meine Ohren, aber ich kann mich nicht beruhigen und schlafe nicht ein.

Und so steige ich vorsichtig aus dem Bett, um ihn nicht zu stören, und gehe die Treppe hinunter und

Dad Bod Dämon

durch die Flügeltüren in den dunklen Garten des Anwesens, das Mammon sein Zuhause nennt - und das ich jetzt mein Zuhause nenne.

Das Licht hier unten ist rot und schattig, nicht blass und hell wie oben. Ich sitze am Tisch und frage mich, wie viel Uhr es ist. Hier unten, wo die Zeit anders läuft, ist es schwer zu sagen.

„Du scheinst durcheinander zu sein."

Als Luzifer auf der anderen Seite des Tisches erscheint, zucke ich zusammen. Er ist tadellos gekleidet in einem maßgeschneiderten, kanariengelben, dreiteiligen Anzug, seine schwarze Haut schimmert in dem gedämpften Licht.

Er grinst. „Ärger im Paradies?"

„Nein", antworte ich dem Herrn und Meister der Unterwelt ohne Verbeugung oder ein anderes Zeichen der Ehrerbietung.

Luzifers Augen verengen sich. „Du bist also früher zurückgekehrt, weil Mammon das Risiko nicht ertragen konnte, ersetzt zu werden?"

Ich beobachte den König der Hölle genau. Er ist ein Meister im Manipulieren und ein guter Lügner. „Du weißt, dass das nicht der Grund für unsere vorzeitige

Rückkehr ist. Rapha ist wieder aufgetaucht, aber ich nehme an, du weißt nichts davon?"

„Ich wusste, dass Rapha wieder da war, aber ich hatte nichts mit dem zu tun, was Oben geschah", sagt Luzifer gelangweilt. „Ich habe kein Interesse an diesem Ort."

Aus seiner Reaktion und dem, was Mammon mir erzählt hat, geht klar hervor, dass Luzifer keine Liebe für das Oben hegt. Ich schätze, es fühlt sich an, als wäre er einen Schritt näher an all das herangerückt, was er verloren hat, als er aus dem Himmel vertrieben wurde.

„Aber ich bin nicht hier, um über Rapha zu sprechen. Was zählt, ist, dass dein Mann seine Arbeit nicht macht. Er muss sich zusammenreißen, wenn er seinen Posten und alle damit verbundenen Vorteile behalten will."

Tief in meinem Kopf formt sich ein Plan. Ich habe viel gelernt, seit mein Vater mir gezeigt hat, dass ich ihm nichts bedeute. Aber ich muss stark sein und darf keine Angst zeigen. „Wenn Mammon deine Erwartungen nicht erfüllt, solltest du vielleicht die Möglichkeit in Betracht ziehen, dass er für diese Rolle nicht mehr geeignet ist", schlage ich beiläufig vor.

Dad Bod Dämon

Luzifers Augen verengen sich noch mehr und so ein gefährliches Glitzern liegt in ihren feurigen Tiefen. „Wie ich dachte... Du willst mir also sagen, dass du willst, dass ich ihn aus seiner Position entferne", höhnt er hart und hasserfüllt.

„Ich bin nicht in der Lage, dir irgendetwas zu sagen, Luzifer. Wie du richtig meintest, bist du der König der Hölle, mit all der Macht und dem Einfluss, die mit diesem Titel verbunden sind. Ich sage nur, dass es vielleicht an der Zeit ist, etwas zu ändern." Meine Stimme trieft vor Gleichgültigkeit, aber darunter dreht sich mein Magen um, und mein Herz pocht, denn ja, ich will, dass Mammon von seinen Pflichten entbunden wird. Ich möchte, dass er mehr Zeit hat, die Ewigkeit des Lebens zu genießen, das ihm gegeben wurde, ohne sich um das endlose Sammeln von Seelen für Luzifer kümmern zu müssen. Wenn es dazu nötig ist, den Teufel auszutricksen, werde ich mutig sein und die Sache selbst in die Hand nehmen. „Vielleicht ist Mammon der Monotonie überdrüssig geworden und würde von anderen Unternehmungen profitieren."

Während er meine Worte verarbeitet, verfinstert sich die Miene. Er steht auf Kummer und Herzschmerz, und es ist klar, dass er erwartet hat, dass ich nach Raphas Angriff für Mammon in die Knie gehe und ihn anflehe. Mein mangelnder Respekt fasziniert ihn. Ich sehe es an seinem Gesichtsausdruck, als er sich von mir abwendet und seine Gedanken sammelt.

„Und es macht dir nichts aus, wenn er seine Kräfte verliert? Wenn er nie wieder in die Hölle zurückkehren kann?" Luzifer lehnt sich mit geübter Nonchalance in seinem Stuhl zurück und beobachtet mich aufmerksam, um eine Schwachstelle in meiner Strategie zu finden.

Ich lächle. „Klingt für mich wie der Himmel."

„Himmel!", spuckt Luzifer aus. „Erzähl mir nichts über den Himmel. Dieser Ort ist nicht das, was er zu sein vorgibt."

„Ich glaube, da spricht die Bitterkeit aus dir. Immerhin hast du versucht, Gott abzusetzen", gebe ich zu bedenken. „Aber um deine Frage zu beantworten: Es ist mir scheißegal, ob Mammon hier unten wieder eingelassen wird. Ich bin ein Mensch, schon vergessen? Dieser Ort ist kein Vergnügungspark für mich. Aber wo auch immer wir sind, mein Platz ist an der Seite meines Mannes. Trotzdem wäre es schön, wenn Mammon die Möglichkeit hätte, selbst zu entscheiden. Nur so kannst du wissen, ob er wegen dir hier ist oder wegen was auch immer."

Ich zucke mit den Schultern, als ob es keine Rolle spielen würde.

„Redet ihr zwei über mich?" Mammons Stimme unterbricht uns, ehe er aus dem Haus kommt. Er hat sich Shorts angezogen, die tief auf den Hüften sitzen und meinen Blick wie ein Magnet auf seinen herrlich korpulenten Körper ziehen.

Ruhig bleiben, Penelope. Dies ist ein wichtiger Moment. Hier geht es darum, den Meister der Manipulation zu manipulieren.

„Das tun wir. Luzifer ist gekommen, um uns wieder einmal daran zu erinnern, dass du seine Erwartungen nicht erfüllst, weil du zu sehr damit beschäftigt bist, meine zu erfüllen", sage ich und schenke meinem Mann ein böses Grinsen.

Mammon setzt sich neben mich und ergreift meine Hand, seinen Blick auf Luzifer gerichtet. „Und was schlägst du vor, was ich dagegen tun soll?"

Luzifer sieht ein wenig verwirrt aus, weil Mammon sich keine Sorgen um seine Zukunft macht. „Hör auf, deine Frau über deine Pflichten zu stellen, oder ich werde einen anderen finden, der dich ersetzt, und dich aus der Hölle verbannen."

Mammon nickt langsam, als würde er über Luzifers Drohung nachdenken. Er schweigt eine Weile, bevor er wieder spricht. „Und was ist mit Rapha? Du weißt, dass er zurück ist und nach meinem Blut lechzt."

Luzifer zuckt mit den Schultern. „Nicht mein Problem, wenn du meinen Dienst verlässt. Rapha ist eine tickende Zeitbombe, aber er hat ein Problem mit dir..."

Ich drücke die Hand meines Mannes. „Es ist nicht Luzifers Schuld, wenn Rapha mächtiger ist. Wie du gesagt hast, ist Rapha ein uralter Vampir und eine Kraft, mit der man rechnen muss."

Mammons Mundwinkel verziehen sich zu einem winzigen Lächeln, denn er hat sofort begriffen. Er hebt meine Hand zum Mund und küsst meine Knöchel. „Du hast Recht, Kleines. Auch allmächtige Wesen wie Luzifer haben ihre Nemesis."

Luzifers Augen blitzen vor Wut auf. „*Ich* bin der König der Hölle. Das einzige Wesen, das mich herausfordern kann, ist Gott selbst!"

Mammon hebt beschwichtigend die Hand. „Ich wollte dich nicht beleidigen. Ich weiß nur aus Erfahrung, was für ein furchtbarer Gegner Rapha sein kann. Er hat mich in den letzten tausend Jahren, seit ich sein Gesuch abgelehnt habe, ein halbes Dutzend Mal erfolglos herausgefordert, und ich muss zugeben, dass mich seine Entschlossenheit und sein

Dad Bod Dämon

Einfallsreichtum immer beeindruckt haben." Ich mache mir nur Sorgen, dass er, wenn er nicht herausgefordert wird, denken könnte, er könne es mit der Hölle selbst aufnehmen.

Luzifer lacht, als ob die Idee absurd wäre. „Als ob er das könnte!"

Mammon runzelt die Stirn, um die Spannung zu erhöhen. „Ich würde ihn nicht unterschätzen. Ich habe gesehen, wie schnell er eine Armee aufstellen kann."

„Eine Armee wäre schwer aufzuhalten, es sei denn..." Ich beiße mir auf die Lippe und schüttle den Kopf. „Nein, das würde niemals funktionieren."

„Was würde niemals funktionieren?" fragt Luzifer, dessen Aufmerksamkeit geweckt ist.

Ich winke abweisend mit der Hand. „Es ist eine alberne Idee. Ich meine, Rapha ist ein Vampir, kein Dämon wie Mammon..."

„Nicht ein ..." Luzifers Augen leuchten auf, und er klatscht in die Hände. „Ohje, was für ein Gedanke. Willst du damit sagen, dass ich einen Vampir haben kann, der Seelen für mich sammelt, Portia?"

Ich lache. „Ich hatte dir gesagt, dass das eine dumme Idee ist."

„Ja, es wäre schwierig, einen Vampir zu einem Dämon der Gier zu machen", sagt Mammon, als ob es keine Rolle spielen würde. „Ich bin mir nicht sicher, ob irgendjemand das schaffen könnte."

„Ich bin der Herr der Finsternis", knurrt Luzifer und wirft einen weiteren seiner Spitznamen in den Raum. „Ich kann tun und lassen, was ich will, verdammt!" Er tippt sich nachdenklich mit einer scharfen Kralle ans Kinn. „Und ich nehme an, damit würde ich zwei Fliegen mit einer Klappe schlagen."

Ich beobachte den Ausdruck, der über Luzifers Gesicht huscht, und mein Herz klopft. Er ist von dem Vorschlag fasziniert, ein böses Lächeln umspielt seine Lippen. Wenn Rapha zum Dämon der Gier wird, ist Mammon von seiner Verantwortung befreit und hat die Chance, ein anderes Leben zu führen.

„Ein Vampir, der zum Dämon wird", grübelt Luzifer. „Das wäre sicherlich eine interessante Wendung." Sein Blick ist nun misstrauisch auf Mammon gerichtet. „Aber warum sollte ich eine Bitte erfüllen, die dir und deiner Braut nützt?"

Als er Luzifer direkt ansieht, glänzen meines Mannes Augen. „Weil Rapha einen unstillbaren Machthunger hat, so wie ich einst auch. Wenn du ihn zum Dämon der Gier machst, wird er in der Macht schwelgen, die ihm das Amt verleiht, während er Seelen für dich erntet."

„Und du würdest diesen Ort oder deinen Job nicht vermissen?" Luzifer ist sichtlich verwirrt, warum jemand etwas anderes als ein Leben in der Hölle wählen sollte.

„Werde ich meine Kräfte und meinen Reichtum beibehalten?" fragt Mammon und blickt mich an.

Ich drücke beruhigend die Hand meines Mannes, aber ein Knoten der Anspannung bleibt mir im Hals stecken, während wir auf Luzifers Antwort warten.

„Ich werde noch einen Schritt weiter gehen und dir eine Seele zu deiner Macht und deinem Reichtum geben, wenn du mir Rapha lieferst, der bereit ist, mich mit neuen Seelen zu quälen", sagt Luzifer, als ob diese ganze Idee allein seine wäre.

Der Stolz blüht in mir auf. Er kam hierher, um meinen Mann zu bedrohen, aber *ich* habe ihm das Gegenteil bewiesen.

Und dann treffen seine Worte ins Schwarze. Wir müssen Rapha ausliefern, der bereit ist, für Luzifer zu ernten. So ein Mist. Ich hatte gehofft, Luzifer würde diesen Teil mit seinen teuflischen Kräften erledigen...

„Mich interessiert nur, ob ich meine Frau beschützen kann", sagt Mammon und dreht sich zu mir um. „Der Rest ist mir egal."

Mein Herz schmilzt nur so dahin.

Der Teufel sieht jetzt verwirrt aus, als ob er plötzlich merkt, dass er hereingelegt wurde. Er gluckst und nickt. „Ich sehe jetzt, was du getan hast, Paige. Ich hätte die Sache anders angehen sollen, nicht wahr?"

„Ja, du hast vergessen, dass ich nicht zur Gier erzogen wurde, sondern dazu, an der Seite meines Mannes zu stehen." Ich lächle Mammon an. „Und auch wenn ich nicht ganz damit einverstanden bin, wie ich erzogen wurde, werde ich immer das tun, was das Beste für meinen Mann und mich ist."

„Du bist eine kluge Frau, das muss ich dir lassen." Luzifer seufzt und stützt sich mit den Ellbogen auf den Tisch. „Sage mir, hätte ich deinen Vater vor all den Jahren davon abhalten sollen, diesen Handel einzugehen?"

Meine Augen weiten sich und ich atme tief ein. „Du meinst, du hättest es tun *können*?"

„Natürlich. Ich hätte ihn mit etwas anderem in Versuchung führen können oder ihm nicht erlauben können, sich mit Mammon zu treffen. Habe ich da etwas falsch gemacht? Oder geschah all das es, als

Dad Bod Dämon

ich ihm sagte, dass jemand anderes deine Reinheit eintauschen würde, wenn er nicht schnell handelt?" Luzifer sieht aus, als würde er es wirklich wissen wollen...

„Ich weiß es nicht, Luzifer. Alles, was ich weiß, ist, dass es sich als ein viel besseres Geschäft herausstellte, als ich erwartet hatte. Aber die eigentliche Frage ist jetzt, wie lautet deine Entscheidung, Mammon?" Mein Blick ist neugierig, aber tief im Inneren weiß ich, dass es nur eine Antwort geben kann.

Jene Antwort, die uns beide befreien wird.

„Ich wünschte, du würdest mich dich mit meinen Kräften irgendwo verstecken lassen und dich holen lassen, sobald alles vorbei ist."

Mammon läuft hin und her, seine Nerven werden immer stärker, während ich ruhig bleibe, weil ich weiß, dass er es schaffen kann.

Wir können es schaffen.

„Ich kann dir helfen, Mammon", sage ich. „Außerdem gehe ich mit dir, wohin du auch gehst. Das war meine Idee."

Mammon wirft mir einen Blick zu. „Das gefällt mir nicht, Penelope. Ich soll für deine Sicherheit sorgen, nicht..." Er bricht ab, unfähig, zu Ende zu sprechen.

„Ich bin der Köder", sage ich und weigere mich, ein Blatt vor den Mund zu nehmen. Wir haben keine Zeit für so etwas, denn Mammon ist entschlossen, sofort zu handeln und die Unterwelt für immer zu verlassen. Ich verstehe das: Er hat erst jetzt seine Bestimmung gefunden, nachdem er Luzifer so lange gedient hat. Keiner von uns will mehr ein Gefangener sein.

„Nein. Auf keinen Fall!"

„Ich lasse dir keine Wahl, Mammon. Es ist ein guter Plan, und ich werde dir so oder so folgen." Ich stehe auf, die Fäuste an den Seiten geballt. „Wir stecken da zusammen drin."

Mammon knirscht mit den Zähnen, die Wut steht ihm ins Gesicht geschrieben, aber das macht mir keine Angst. Ich weiß, dass er sich Sorgen macht, *weil er mich liebt.*

„Du machst mich wütend", sagt er schließlich und verlässt den Raum. Ich folge ihm, wie ich es versprochen hatte, und sehe zu, wie er in einigen Schränken kramt. Mammon holt ein kleines Fläschchen heraus. Sie sieht zart aus, bis er sie mir zeigt. „Venengift...

Sehr selten. Es ist giftig für Vampire. Es wird ihn außer Gefecht setzen, aber nur für eine gewisse Zeit. Du lockst ihn heraus, er kommt, um von dir zu trinken, und du schlägst ihm das hier ins Gesicht. Es wird leicht zerbrechen. Sei aber vorsichtig!"

Mammon überreicht es mir und ich stecke es sorgfältig in meine Jackentasche.

„Haben wir dann alles?" Ich fühle mich eher gestärkt, anstatt Angst zu haben. Ich vertraue darauf, dass Mammon mich beschützen wird, und ich vertraue auf das, was wir haben. *Wir* werden gewinnen!

„Ja", seufzt er resigniert. „Lass uns nach oben gehen."

Als er mit den Fingern schnippt, sind wir auf unserem Anwesen zurück und es regnet. Die Düsternis der Nacht wird nur durch ein leuchtendes Sicherheitslicht draußen unterbrochen.

„Wir müssen streiten", sage ich sachlich.

„Einen Zwist führen?"

„Ja, damit ich einen Grund habe, alleine rauszugehen. Es ist fast Mitternacht, und ich bin sicher, dass Rapha nicht weit weg ist. Man wird mir nicht widerstehen können."

Violet Rae

Mammon schaut lustlos aus dem Fenster, bevor er mich wieder ansieht, mit einem Feuer in den Augen, wie ich es noch nie gesehen habe. „Wage es nicht, mir wegzusterben, Penelope. Meine Ewigkeit wäre dann zu schwer zu ertragen." Mammon Stimme ist tief und düster, voller Emotionen.

Doch ich greife nach Mammon und drücke ihm einen Kuss auf die Wange, bevor ich eine Entschuldigung zuflüstere. Dann gebe ich ihm eine Ohrfeige...

Mammon weicht zurück und fasst sich erschrocken an die Wange. Ich weiß, dass ich ihn nicht verletzt habe, aber es dauert einen Moment, bis er begreift, was los ist.

„Ich kann es nicht mehr ertragen!" rufe ich und gehe auf die Tür zu, die zum Pool hinausführt.

„Wo willst du hin? Es regnet!", ruft er von der Tür aus und schaut in den Himmel, als ob er allergisch auf Regen reagieren würde.

Ich versuche, meine Belustigung über sein Zögern, mir zu folgen, nicht zu verbergen, während ich meine Hand auf meine Hüfte lege und mich zu ihm umdrehe. „Überall, wo du nicht bist. Mein Vater hat mich eingesperrt, aber da unten werde ich nicht mehr eingesperrt sein, Mammon."

Dad Bod Dämon

In meiner Stimme schwingt durchaus die Wahrheit mit. Ich habe es satt, an diese Unterwelt gebunden zu sein.

Mammon tritt hinaus in den Regen. „Aber ich liebe dich. Ich brauche dich..."

„Wenn du mich wirklich lieben würdest, würdest du deine Kräfte aufgeben. Du würdest alles für mich aufgeben. Vergiss Luzifer und die Unterwelt!"

Mammon sieht mich einen Moment lang an und weiß nicht, was er sagen soll. Wenn das seinen Feind nicht aus der Reserve lockt, weiß ich nicht, was es tun soll...

„Genau wie ich dachte", sage ich angewidert. „Du hast nichts zu sagen, weil du lieber der gierige Dämon bist. Folge mir bloß nicht!"

Ich mache auf dem Absatz kehrt und flitze dramatisch über Pflanzen und durch Hecken, um das Tor zu erreichen. Ich bin nun klatschnass, aber ich tue so, als wäre ich so wütend, dass es mir egal ist.

Dann laufe ich die Straße in meinen Stöckelschuhen hinunter, murmle vor mich hin und wünsche mir, ich hätte etwas Vernünftigeres anziehen können.

Bitte, komm mir nach, Rapha! Ich kann das nicht noch einmal durchziehen...

Violet Rae

Ein paar Schritte weiter legt sich eine Hand um meine Kehle, eine andere hält mir den Mund zu, um meinen Schrei zu dämpfen. Ich werde mit einer Kraft, die der von Mammon gleicht, in eine Gasse gezerrt.

Doch ich beruhige mich, denn ich weiß, dass alles gut gehen wird. Mammon ist ganz in der Nähe und wartet auf den richtigen Moment...

„Ah, wie lange habe ich darauf gewartet. Ich werde Mammons Leiden genießen, während ich dich verschlinge." Raphas Stimme ist wie das Zischen einer Schlange.

Ich kämpfe wie eine Raubkatze, um ihm zu entkommen. Ich weiß, dass es nicht funktioniert, aber ich hoffe, dass ich eine gute Show abziehe.

Rapha überwältigt mich leicht. „Diesmal gibt es kein Entkommen, Penelope. Beim ersten Mal habe ich dich gehen lassen, weil ich Mammon wissen lassen wollte, dass ich dich holen komme. Seinetwegen. Ich wollte, dass er einen Bruchteil der Qualen erlebt, die ich erleide, seit ich meine Gefährtin verloren habe."

Obwohl Mammon und ich das geplant haben, habe ich immer noch Angst. Ich konzentriere mich darauf, meinen Atem ruhig zu halten, während ich nach dem Venengift in meiner Tasche greife. Meine Hand schließt sich um die Ampulle, als Rapha an meinem Hals schnüffelt und ihn ableckt, als wolle er sein Eigentum markieren.

Seine Reißzähne ragen nun aus seinem Mund, bevor ich mich seinem Gesicht zuwende. Sein Kopf taucht an meine Kehle, während er mein Haar schon zur Seite schiebt. Ohne zu zögern schlage ich zu und schmettere das Fläschchen gegen die Seite seines Kopfes.

Kaum hat das Gift Raphas Gesicht überzogen, werde ich aus seinem Griff gerissen und hinter meinen Mann gepresst.

Rapha zischt und spuckt, bis er sich zusammenrollt und an der Wand hinter ihm herunterrutscht. „Was hast du... getan?", fragt er atemlos und findet durch den Schmerz hindurch Mammons Gesicht. „Du weißt ich werde heilen... also solltest du mich besser töten."

„Ich will dich nicht töten", sagt Mammon und nähert sich Rapha wie das gefährliche Raubtier, das er ist. „Ich will ein Geschäft machen."

„Wenn der Deal nicht den Tod deiner Gefährtin beinhaltet, bin ich nicht... interessiert." Er grunzt unter den Schmerzen, aber seine vampirischen Heilkräfte werden bald einsetzen, und dann wird er uns holen kommen.

„Ähm, Mammon?" flüstere ich und ziehe an seinem Ärmel.

„Ich bin hier ein bisschen beschäftigt, Kleines."

Ich räuspere mich. „Ja, was das angeht. Wir sind, ähm, umzingelt..."

Mammons Kopf dreht sich, um die Armee von Monstern zu sehen, die uns umgibt: Orks, Dämonen, Zentauren, Gargoyles... die Liste ist endlos!

„Dachtest du wirklich, ich wäre... allein?" Rapha spottet.

„Und dachtest du, ich hätte meine Armee nicht im Rücken?" fragt Mammon, als seine Soldaten hinter denen von Rapha auftauchen.

Die beiden Kontrahenten blicken sich gegenseitig an. Dämon gegen Vampir!

Also gut. Sieht aus, als hätten wir ein Patt...

Mammon ist der erste, der das Schweigen bricht. „Ich habe mich geirrt, Rapha", gibt er schließlich zu und breitet die Arme aus. „Ich wusste es damals nicht. Ich wusste nicht, wie es ist, zu lieben.

Jemanden zu haben, für den man alles tun würde, um ihn an seiner Seite zu haben."

Rapha hält einen Moment inne, bevor er ein raues Lachen ausstößt. Er versucht aufzustehen, hat die Wirkung des Giftes bereits überwunden. „Du plädierst also auf Unwissenheit und erwartest Gnade?"

Als Rapha sich aufrappelt und auf uns zukommt, weichen wir zurück. Aber wir können uns nur bis zu einem gewissen Punkt zurückziehen, wenn wir sicherstellen wollen, dass die Sache jetzt endet. Wenn Rapha auf den Deal nicht eingeht, wird Mammon gezwungen sein, ihn zu töten, bevor er sich vollständig erholt hat. Und dann ist die Hölle los. Im wahrsten Sinne des Wortes!

„Vertrau mir", sage ich zu meinem Mann, als ich hinter ihm hervortrete. Ich halte meine Hände vor mir und gehe einen Schritt auf Rapha zu. „Ich bin weder ein Vampir noch ein Dämon, Rapha. Ich bin ein Mensch, und ich habe keine Kräfte und keine anderen Ziele, als meinen Mann zu beschützen. Wenn du mich tötest, bekommst du deine Gefährtin aber nicht zurück. Doch wir haben eine Lösung, die es schaffen könnte, also hör uns bitte an."

Rapha blickt zum Himmel, der seinen Zorn auf uns herabregnen lässt, und grinst. Er bewegt sich so schnell, dass ich es nicht kommen sehe. Eben noch stehe ich neben Mammon, und im nächsten Moment wird Mammon von zwei seiner Handlanger gefesselt, und Rapha hat seine Hand um meine Kehle geschlungen, während meine Füße vom Boden baumeln. *Edward Cullen, du kannst dich glücklich schätzen, denn dieser Typ ist schneller.*

„Halt!" brüllt Mammon, während seine Soldaten nach vorne stürmen, um ihren Herrn zu schützen, denn er weiß, dass Rapha nur leicht zuzudrücken braucht, um meine Luftröhre zu zerquetschen. „Rapha, tu das nicht. Bitte!"

Wenn ich höre, wie mein Mann um mein Leben bettelt, bricht mein Herz fast entzwei.

„Nimm unsere Abmachung an und du kannst … deine Gefährtin zurückbringen", würge ich und blicke in Raphas hypnotische Augen.

Raphas Augen verengen sich und irgendetwas schwirrt in meinem Gehirn, denn ich weiß, dass er eine Art Vampir-Gedankenverschmelzung durchführt, wie Spock in Star Trek! *Er durchsucht meine Gedanken nach der Wahrheit meiner Worte?!*

Sein Griff um meine Kehle lockert sich, aber er lässt mich nicht los, ehe er ruft: „Erzähl mir von dem Deal, Mammon."

Dad Bod Dämon

Als ich den Vampir ansehe, der mich als Geisel hält, schluchze ich fast vor Erleichterung. Er wird uns anhören!

„Luzifer selbst hat dich als seinen neuen Dämon der Gier angefordert", sagt Mammon. „Meine Position, meine Macht, mein Thron, all die Dinge, nach denen du dich sehnst, können dir gehören."

„Warum?" Rapha knurrt: „Warum würdest du all diese Macht aufgeben?"

„Aus Liebe", antwortet Mammon sofort. „Ich liebe meine Frau, so wie du Drusilla geliebt hast und ein Leben in der Unterwelt ist nicht gut für sie. Das ist inakzeptabel, denn ich will nur das Beste für meine Liebe. Nimm den Handel an, Rapha. Du wirst die ganze Macht haben. Genug Macht, um auch sie zurückzubringen…"

Rapha holt tief Luft, und seine hypnotisierenden Pupillen weiten sich vor Schreck, als er die Erkenntnis verinnerlicht.

„Tut mir leid, dass ich deiner Seelengefährtin nicht das Leben zurückgegeben habe. Es tut mir leid, dass du die ganze Zeit ohne sie an deiner Seite leben musstest. Lass mich die Dinge wieder in Ordnung bringen. Nimm meinen Platz ein. Penelope und ich werden verschwinden. Ich weiß, ich verdiene es nicht, aber ich bitte dich trotzdem. Gib mir die Chance, die ich dir nie gegeben habe. Lass uns in Frieden leben."

Die Minuten ziehen sich endlos hin, während Rapha seine Entscheidung trifft. *Rache? Oder die Chance auf einen Neuanfang mit seiner Gefährtin?*

Er sieht mich an und dann wieder Mammon…

Und dann lässt er mich fallen. „Unterschreibe es mit Blut, Dämon."

Epilog
Mammon

„Hör doch auf, Mammon. Ich bin zu... viel", sagt Penelope und lacht, während ich versuche, ihren Hals zu kraulen.

Meine Penelope ist im neunten Monat schwanger und es ist für sie nicht leicht, sich zu bewegen, aber ich weiß, dass sie sich so unbeholfen und unattraktiv fühlt, dass sie mich davon abhalten will, sie nackt zu sehen.

„Du bist wunderschön, Kleines", flüstere ich Penelope ins Ohr und lasse sie erschaudern. „Mein Engelchen, meine Retterin."

„Hey... Ich bin nicht mehr so klein. Und ich bin mir sicher, dass ich kein Engel mehr bin, seit du mich verführt hast", sagt Penelope und lächelt, während sie mir tief in die Augen sieht.

Ich kneife Penelope in den Hals. „Du liebst es doch, wenn ich dich verderbe."

Penelope seufzt. „Du hast recht, das tue ich. Du bist so ein Experte darin." Sie hält inne, und ein kleines Stirnrunzeln trübt ihre Stirn. „Glaubst du, du kommst in den Himmel, jetzt, wo du eine Seele hast?"

„Ich glaube schon", antworte ich und rolle mich auf der Decke herum, wo wir die Sterne betrachten. „Wenn ich nicht mehr in die Hölle darf, dann ist es nur logisch, dass ich irgendwann in den Himmel komme."

„Bist du immer noch glücklich mit deiner Entscheidung?", fragt Penelope leise, eine Hand auf ihrem runden Bauch habend.

„Damit, die Hölle für immer zu verlassen? Ja, denn das bedeutet, dass ich mich ganz dir widmen kann", antworte ich ohne zu zögern. „Ich vermisse es nicht, die Seelen der Gierigen zu ernten oder auf diesem Thron zu sitzen. Ich vermisse es auch nicht, in der Hölle zu sein."

„Da bin ich aber froh." Penelope seufzt, aber das tut sie in letzter Zeit oft. Das Baby raubt ihr den Atem.

Epilog

Sie lächelt, ergreift meine Hand und legt sie über ihrem Umstandskleid auf ihren Bauch. Ein Fuß strampelt unter meiner Handfläche. „Das Baby sagt Hallo, Daddy..."

„Daddy", sage ich voller Ehrfurcht. „Das ist ein Titel, den ich nicht erwarten konnte, zu haben. Der Dämon der Gier passt nicht mehr zu mir, oder?"

„Och, du siehst immer noch grimmig aus. Aber ich sehe deine Schönheit. Das habe ich schon immer getan", sagt Penelope und holt noch einmal tief Luft, bevor sie fortfährt. „Aber nein, du bist kein Dämon mehr. Zumindest nicht von Natur aus!"

„Ich werde immer ein Dämon sein, zweifle nicht daran. Körperlich bin ich immer noch derselbe", sage ich, strecke meine Krallenfinger aus und zeige auf meine Hörner. „Aber ich bin ein geläuterter Dämon. Ich gehöre nicht mehr in die Unterwelt, außerdem leistet Rapha mit Drusilla an seiner Seite hervorragende Arbeit, wie ich gehört habe."

Penelope lächelt. „Ich bin froh, dass er sie zurückbringen konnte. Ich mag Romanzen mit Happy-End im Nachgang!"

Penelopes braune Augen sind so voller Liebe, wenn sie mich ansieht. Ich weiß, dass sie dankbar ist, dass ich mich entschieden habe, mein früheres Leben

Epilog

hinter mir zu lassen und eine neue Aufgabe anzunehmen, die in Liebe und Hingabe wurzelt. Wenn sie so neben mir liegt, raschelt eine sanfte Brise in den Blättern der nahen Bäume und erzeugt eine beruhigende Melodie.

„Mammon", flüstert sie und zeichnet abwesend Kreise auf meiner Brust. „Ich kann nicht glauben, wie weit wir gekommen sind. Von den Tiefen der Hölle zu diesem friedlichen Ort unter dem Sternenhimmel."

Dann drehe ich mich zu Penelope um, mein Innerstes füllt sich mit Zärtlichkeit. „Und ich würde nichts daran ja ändern, Pen. Dich in meinem Leben zu haben, bedeutet mir alles."

Heiße Tränen steigen Penelope in die Augen. Die Last unserer Geschichte und die Opfer, die wir gebracht haben, sind in diesem Moment greifbar. Unser Baby strampelt wieder, als würde es diese Gefühle teilen.

„Ich liebe dich", sagt sie leise, Penelopes Stimme zittert vor Rührung.

„Hallo?!", ruft eine Stimme herbei.

Penelope bleibt stehen und ich weiß plötzlich, dass sie die Stimme wiedererkennt.

Epilog

„Mama?" ruft Penelope.

Penelope versucht aufzustehen, aber das Gewicht des Babys hält sie an ihrem Platz. Ich helfe ihr gerade damit, sich aufzusetzen, ehe eine blasse, dünne Frau aus der Dunkelheit auftaucht und auf uns zukommt.

Penelope sieht mich erstaunt an, und ich nicke. „Ich habe sie gebeten, vorbeizukommen. Ich habe sie aus eurem alten Haus geholt und einen sicheren Ort für sie gefunden, bis sie wieder zu Kräften gekommen ist. Sie wollte dich sehen, und ich dachte, du würdest das auch wollen."

„Danke", flüstert Penelope und beugt sich vor, um mich zu küssen, bevor ich aufstehe. „Wohin gehst du?"

„Ich lasse euch etwas allein. Sprich mit deiner Mutter, Pen! Das ist die Chance, die du immer wolltest. Weißt du noch?" Ich stupse Penelope an und ernte ein Nicken von ihr.

Dann lässt Penelope meine Hand los. „Ich weiß. Ich danke dir..."

Nun gehe ich weg und lächle ihrer Mutter im Vorbeigehen zu.

Epilog
Penelope

Zum ersten Mal in meinem Leben sehe ich meine Mutter reumütig an, während mir die Tränen über das Gesicht kullern. „Es tut mir so leid, Mom. Ich wusste es ja nicht."

„Natürlich wusstest du es nicht, Schatz", sagt sie beruhigend. Ihre braunen Augen, die meinen so ähnlich sind, glänzen, während sie neben mir auf die Decke sinkt. „So hat es dein Vater gewollt. Er hat dich dazu erzogen, mich zu hassen und alles außer ihm abzulehnen." Mom hält inne und betrachtet mein Aussehen mit einem zufriedenen Lächeln. „Du siehst gut aus. Beruhigt und sicher. Bist du glücklich? Mammon hat mir gesagt, dass du es bist, aber die Leute lügen mich so oft an, weißt du? Ich war mir nicht sicher, ob ich ihm glauben konnte oder ob er mich austricksen wollte."

„Er betrügt dich nicht, Mama", antworte ich aufrichtig. „Ich bin glücklich. Glücklicher, als ich es je für möglich gehalten hätte. Mammon hat mir eine Liebe und Hingabe gezeigt, von der ich nie wusste, dass sie existiert. Und jetzt gründen wir gemeinsam eine Familie."

Mamas Augen füllen sich mit Tränen, bis sie sanft mein Gesicht berührt. „Ich bin so stolz auf dich, Penelope. Trotz allem hast du deinen Weg gefunden."

Eine Mischung aus Erleichterung und Schuldgefühlen macht sich in mir breit. Erleichterung darüber, dass meine Mutter sich wirklich für mich zu freuen scheint, und Schuldgefühle wegen all der Jahre, die wir getrennt voneinander verbracht haben. Ich wünschte, ich hätte früher erkannt, welche Lügen mein Vater mir über meine Mutter aufgetischt hat...

„Es tut mir leid, Mom. Es tut mir leid für all die Jahre, die wir verloren haben", murmle ich entschuldigend.

Doch Mom schüttelt den Kopf und schenkt mir ein kleines Lächeln. „Nein, mein Schatz, es ist nicht

Epilog

deine Schuld. Du warst nur ein Kind, das gefangen war, was du nicht verstehen konntest. Das alles war nicht deine Schuld. Übrigens, Diana lässt grüßen!"

„Diana? Meine Güte, ich hatte sie fast vergessen! Arbeitet sie immer noch als Wache bei... bei ihm?" frage ich, unfähig, das Wort *Vater* auszusprechen. „Ich hoffe nicht..."

„Nein, sie gehört zu dem Team, das Mammon angeheuert hat, um mich zu beschützen."

Vor Dankbarkeit für Mammons Fürsorge pocht mein Herz. Es ist eine Erleichterung zu wissen, dass meine Mutter von Menschen umgeben ist, die sich um sie kümmern, und nicht in den Fängen ihres missbrauchenden Ehemanns gefangen ist. Die Last der Vergangenheit beginnt sich zu lösen und wird durch eine neu entdeckte Hoffnung für die Zukunft ersetzt.

Während ich die Hand meiner Mutter halte und ihr von unserem getrennten Leben erzähle, dämmert mir die Erkenntnis. Ich habe jetzt die Macht, den Generationenkreislauf von Schmerz und Leid zu durchbrechen, der unsere Familie endlos lange geplagt hat.

„Mama", beginne ich voller Entschlossenheit. „Ich möchte, dass du bei uns wohnst. Mammon hat dir bisher Sicherheit und Geborgenheit gegeben, aber

Epilog

ich will nicht, dass du nur überlebst. Ich möchte, dass es dir gut geht."

Mamas Augen weiten sich vor Überraschung aus Hoffnung und Unglauben. „Bist du sicher, Pen? Nach allem, was passiert ist?"

Ich nicke fest. „Ja, Mama. Ich bin mir sicher. Ich will die verlorene Zeit wieder gutmachen. Du verdienst es, von Liebe und Glück umgeben zu sein, so wie ich es jetzt bin. Mammon und ich haben uns ein gemeinsames Leben aufgebaut, aber ohne dich wird es nicht vollständig sein."

Freudige Tränen fließen über Mamas Gesicht, während sie mich fest umarmt. Die Last der Jahre des Schmerzes und der Trennung scheint sich zugunsten von Hoffnung und Vergebung aufzulösen.

„Oh, Penelope", flüstert Mom durch ihre Tränen hindurch. „Ich hätte nie gedacht, dass ich diese Worte mal von dir hören würde. Nach allem, was wir durchgemacht haben, ist es das Beste, was ich mir wünschen kann, Trost zu finden."

Ich drücke meine Mutter fest an mich, die Wärme unserer zerbrechlichen Bindung erfüllt unsere Herzen, die schon viel zu lange geplagt wurden. Während wir uns umarmen, beginnt die Vergangen-

Epilog

heit ihren festen Griff auf sie zu lösen und macht Platz für Heilung und Liebe.

„Jetzt ist ein eigenes Kind auf dem Weg. Darf ich deinen Bauch berühren?" fragt Mama.

Nickend ergreife ich die zögernde Hand meiner Mutter. „Ich möchte, dass du ein Teil meines Lebens und des Lebens meines Kindes bist. Ich wollte das schon, als ich aufwuchs, aber er hat mir eingeredet, dass du mich hasst. Ich wusste, dass etwas in meinem Leben fehlte, aber er hat es mit so viel Hass gefüllt, dass ich nicht wusste, was. Erst als Mammon auftauchte und mir zeigte, was Liebe ist."

„Es ist nicht deine Schuld, Pen. Nichts von alledem", sagt Mom, während ich immer tiefer in ihre Umarmung sinke. Das ist ein Trost, wie ich ihn mir nicht vorstellen konnte.

„Danke für deine Vergebung, Mom", flüstere ich und küsse ihre weiche Wange.

„Danke, dass du mir verzeihst, dass ich keine stärkere Frau und keine bessere Mutter war", antwortet sie und lächelt über mein Stirnrunzeln. „Siehst du, wir können beide die Schuld auf uns nehmen, aber es war dein Vater, der sich vor langer Zeit gegen uns entschieden hat. Keiner von uns hat Schuld, außer ihm."

Epilog

„Du hast Recht, Jean. Willkommen in der Familie", sagt Mammon, der mit einem Tablett voller Getränke zurückkommt. „Ich glaube, du wirst dich über das neue Baby noch mehr freuen als wir."

„Nein, das bezweifle ich. Ihr beide habt so viel Liebe zu geben." Mom hält inne, offensichtlich überlegt sie, was sie als Nächstes sagen will? „Aber ich auch. Ich habe Penelope nicht so lieben können, wie ich es wollte. Ich muss eine Menge nachholen, aber in meinem Herzen ist noch viel Platz für ein Enkelkind."

„Prima, denn ich hätte gern mehr Kinder, irgendwann", sage ich mit einem leisen Lachen. „Ich möchte, dass dieses Kind Brüder und Schwestern bekommt. Es soll eine große Familie haben, so wie wir sie nicht zusammen haben konnten."

„Das klingt nach einer tollen Art, um unser Leben zu verbringen", beteuert Mom und umarmt mich erneut.

Meine Blicke bleiben jedoch auf Mammon gerichtet, voller Liebe und Dankbarkeit. Ich sage: „Danke", und er nickt mir zu.

Ich dachte, der Tag, an dem ich ihm geschenkt wurde, sei der Beginn einer neuen Art von Hölle. Wie sich herausstellte, war es der Tag, an dem mein

Epilog

Leben begann - *mein richtiges Leben*. Ein Leben voller Liebe, Ehrlichkeit und jetzt auch mit einer Familie. Ich habe alles, wovon ich in meinem einsamen Zimmer geträumt habe. Der Dämon der Gier hat es mir gegeben, aber ich habe ihm das Gleiche gegeben, also ist es ein fairer Tausch.

Diesmal wurde keine Seele getauscht, sondern nichts als Liebe.

Bonusszene
Lucifer

Zeit – Unbekannt

Inmitten der höhlenartigen Halle hallte das ferne Wehklagen gequälter Seelen wider, als Luzifer sich auf seinem obsidianen Thron zurücklehnte. Welch eine imposante, aber auch elegante Gestalt inmitten der feurigen Tiefen der Hölle.

Er fühlte sich heute besonders wohl in seinem karmesinroten Maßanzug, der mit Pailletten verziert war, die wie flackernde Flammen schimmerten. Die Anzugjacke hatte sogar überdimensionale Schulterpolster, die an Teufelshörner erinnerten und ihm das dramatische Flair verliehen, das er so sehr liebte.

Doch Luzifer wusste auch, dass es die Accessoires waren, die ihm irgendwie die Show stahlen. Er trug

Bonusszene

eine überdimensionale Sonnenbrille in Form eines umgekehrten Pentagramms, die seine Augen vor dem höllischen Blendlicht schützte. Seine Schuhe waren mit Miniaturflammen bestückt, die aus den Absätzen hervorbrachen. Ein mit Juwelen besetzter Stock in Form eines Dreizacks vervollständigte das teuflische Ensemble.

Niemand konnte behaupten, der Fürst der Finsternis hatte keinen Sinn für Humor oder Stil.

Luzifer strahlte eine gemächliche Boshaftigkeit aus. Seine Augen, scharf und von infernalischem Amüsement durchdrungen, fixierten Forest Truman, als sich die sterbliche Seele vor ihm materialisiert hatte.

„Sieh an, sieh an, sieh an", murmelte Luzifer sanft wie eine Liebkosung, in der jedoch Gefahr durch kam. Er schwenkte ein Glas mit tiefrotem Wein, dessen Flüssigkeit den Schein des Höllenfeuers einfing. „Forest Truman, der Sterbliche, der dachte, er könne einen Dämon überlisten und das Schicksal austricksen."

Forests Gesicht erblasste, als er den Herrn der Unterwelt erblickte, die Last seiner Sünden drückte auf ihn wie ein bleierner Mantel. „Ich wusste nicht... Ich wusste ja nicht, worauf ich mich einlasse", stammelte er mit einem zittrigen Flüstern.

Bonusszene

Luzifers Lippen verzogen sich zu einem Lächeln und enthüllten Reihen glänzender, spitzer Zähne. „Unwissenheit ist keine Entschuldigung, mein lieber Forest", bemerkte er mit falscher Sympathie. „Du hast einen Pakt mit Mammon geschlossen, und jetzt ist es an der Zeit, den Preis dafür zu zahlen."

Forests Augen huschten in der Kammer umher, und die drückende Hitze verstärkte seinen zunehmenden Schrecken nur noch mehr. „Bitte... ich flehe euch an, verschont mich! Ich werde alles tun", flehte er unter Verzweiflung. Ein Hoffnungsschimmer flackerte in seinen Augen auf. „Bitte, Luzifer", flehte er vor Angst. „Lass mich mit meiner Tochter sprechen, damit ich sie um Vergebung bitten kann. Ich weiß, dass sie mir helfen wird. Sie ist ein gutes Mädchen. Sie ist einfallsreich. Sie kann einen Weg finden..."

Luzifer betrachtete Forest mit leichter Verachtung, seine Miene blieb dabei unbeeindruckt von den Bitten des Sterblichen. „Deine Tochter und ihr Mann sind in der Hölle nicht mehr willkommen", erklärte er endgültig, sein Tonfall schnitt wie eine Klinge durch die dicke, schwefelhaltige Luft. „Ich habe Mammon von seinen Pflichten entbunden, sie leben jetzt im Jenseits mit deiner Ex-Frau und ihrem Sohn."

Bonusszene

Forests Gesicht verzog sich, denn die Erkenntnis dämmerte ihm. „Ich... ich habe einen Enkelsohn? Lasst mich ihn sehen, ich flehe Euch an!"

„Oh nein, das geht nicht", erwiderte Luzifer, seine purpurroten Augen bohrten sich mit unerschütterlicher Entschlossenheit in Forest. „Du würdest dem armen Kerlchen Albträume bescheren. Nein, dein Schicksal ist besiegelt, Forest Truman", verkündete er voller dunkler Autorität. „Aber ich habe deiner Tochter erlaubt, dein vollstrecktes Urteil zu beobachten."

In Forest Trumans Augen schimmerte ein Funken Hoffnung, der jedoch durch Luzifers nächste Worte wieder zunichte gemacht wurde.

Als er seine manikürten Krallen untersuchte, grinste der Höllenfürst. „Rapha, mein Gierdämon, hat letzte Woche unseren Streaming-Dienst gestartet. Hellflix ist ein großer Renner bei den Monstern da oben. Paige wird die Folgen deiner Dummheit bequem von ihrem Haus aus miterleben können."

„Sie heißt Penelope."

Luzifer hob seinen Kopf aus seinen glänzenden Klauen. „Was?"

„Der Name meiner Tochter ist Penelope."

Bonusszene

„Ich konnte mir ihren Namen nie merken", seufzte Luzifer und winkte abweisend mit der Hand. „Macht nichts." Er grinste nun böse. „Lasst uns mit den angenehmen Dingen weitermachen."

Forest ließ die Schultern sinken, besiegt von der grausamen Ironie seiner misslichen Lage.

„Forest Truman, du hast mit deiner Seele gespielt und verloren. Du warst dir so sicher, dass du einen Ausweg aus dem Vertrag finden würdest, bevor deine Zeit abgelaufen ist, so wie sie es alle tun. Und nun wird deine Tochter, die du für deinen Reichtum und deine Macht eingetauscht hast, Zeuge der Konsequenzen deiner Hybris werden, wenn ich mein Urteil vollstrecke."

Ein Dämon erschien hinter Luzifer und ließ einen Trommelwirbel auf einer kleinen Trommel erklingen.

„Ich, Luzifer, Erster meines Namens, König der Hölle, Herr der Finsternis, der Verbrannte, Khaleesi des großen Grasmeeres und Kettenbrecher." Luzifer hält mit seinem Kichern inne... „Gut, die letzten beiden nicht, aber was soll ich sagen? Ich bin ein riesiger Game of Thrones-Fan."

Er räusperte sich und fuhr fort: „Ich verurteile dich, Forest Truman, du Scheißkerl, peinlich unfähiger

Bonusszene

Vater und fieser kleiner Wicht, zu einer Ewigkeit der Folter in den feurigen Höllengruben."

Als Luzifer mit einer trägen Geste die Dämonenhorde herbeirief, verstummten die Trommeln. Die Dämonen stürzten sich auf Forest, ihre Augen leuchteten mit unheiliger Inbrunst. Forests gequälte Schreie hallten durch die Unterwelt, bis sie ihn fortschleppten. Sein Schicksal war besiegelt durch die Bedingungen seines höllischen Handels. Er war auf dem Weg zum Hellflix-Studio, wo ihn eine Vielzahl von Folterungen erwartete.

Zwei seiner Lieblingsfolterungen waren „Baby Shark", bei der das Opfer gezwungen wurde, dem Lied so lange zuzuhören, bis seine Ohren bluteten, und „Endlosbecken", ein scheinbar bodenloses Wasserbecken, in dem das Opfer ständig untergetaucht war, aber nie ganz ertrank.

Der Höllenkönig sah mit Genugtuung zu. Er war sich sicher, dass Pippa glücklich werden würde. Sie und Mammon würden die Leiden ihres Vaters in der ersten Reihe miterleben können. Eine weitere Seele rechnete nun also mit ihm ab, welch deutliche Erinnerung an den Preis der Gier und die schrecklichen Folgen des Umgangs mit Dämonen.

Luzifer lehnte sich noch einmal auf seinem Thron zurück, als Forests Schreie in der Kakophonie der

Bonusszene

Qualen untergingen. Er dachte über den komplizierten Wechsel von Schicksal und Konsequenzen nach. In den Tiefen der Hölle, wo die Schatten von alten Wahrheiten kündeten und ewige Verdammnis herrschte, leuchteten Luzifers Augen vor Freude.

Oh, wie sehr Luzifer den Tag des Jüngsten Gerichts vergötterte...

Milton Keynes UK
Ingram Content Group UK Ltd.
UKHW040818141124
451205UK00001B/23